讲好中国故事　传承中国智慧

——杨朝明

韩品玉　张金霞　主编

中国经典故事

上

山东城市出版传媒集团·济南出版社

图书在版编目（CIP）数据

中国经典故事：全 3 册/韩品玉，张金霞主编 . ——济
南：济南出版社，2017. 5
ISBN 978 - 7 - 5488 - 2532 - 6

Ⅰ. ①中…　Ⅱ. ①韩…②张…　Ⅲ. ①民间故事 - 作品
集 - 中国　Ⅳ. ①I277. 3

中国版本图书馆 CIP 数据核字（2017）第 084502 号

出 版 人	崔　刚
丛书策划	冀瑞雪
责任编辑	冀瑞雪
	孙育臣
装帧设计	张　倩

出版发行　济南出版社（250002）

地　　址　济南市二环南路 1 号

电　　话　0531 - 86131747（编辑室）

　　　　　86131747　82772895　86131729　86131728（发行部）

印　　刷　日照昆城印业有限公司

版　　次　2017 年 5 月第 1 版

印　　次　2017 年 5 月第 1 次印刷

开　　本　160mm×220mm　16 开

印　　张　31. 5

字　　数　300 千字

印　　数　1 - 8000 册

定　　价　98. 00 元（全三册）

编委会

序 言

说起故事，总是给人以温馨的感觉。之所以如此，恐怕与人们自褓襁褓中、摇篮里便受到故事的熏染分不开。

故事还会给人们带来一种错觉，以为它总与孩童为伍。实则不然，故事并不是孩童的"专利"，不是专为孩子们开的"小灶"——成年人同样需要故事，同样难以割舍故事对自己的吸引力。君不见，许多以讲故事见长的书籍，吸引眼球，独受青睐，成年人也趋之唯恐不及。

一方面，成年人需要故事；另一方面，故事同样需要成年人。离开了成年人这一群体，故事消费的天平将会倾斜，消费线就不能呈正态分布。成年人是故事的消费大军之一，在整个消费群体中起着承先启后的作用。他们的地位毋庸置疑，需要的只在于调制出更加适宜于其味蕾的故事食粮，更为与时俱进的文化大餐。

我们有幸受济南出版社委托，编写了这么一套适宜成年人阅读味蕾的丛书——《中国经典故事》。这里的"中国"是指"经典故事"赖以产生的母国，而不是异国他邦。"经典"，是指蕴含着深厚思想道德资源和思维智慧的中华典藏。如指书籍，则常常透着淡淡的书香，带有苍郁的历史气息。经典从历史深处走来，又以其强大的文化延展力伸向远方，历久弥新，令人常读不倦，回味无穷。正如刘勰所言："书亦国华，玩绎方美。""故事"呢，更是横看成岭侧成峰。从范畴上说，包括儒家故事、道家故事、佛家故事;从类型上看,包括人物故事、战争故事、智慧故事、励志故事等;从层面上讲,有关于一国或地区增信释疑传播国家形象的宏观阐发,有具体而微、情节鲜明的文学表达……本书所讲"中国经典故事",就是以儒家文化为主、类型多样而又以文学方式呈现的作品。试看部分故事题目:

辛弃疾虎口擒凶

林则徐对联励志

赵匡胤怒摔金壶

兄弟争刑

赵子龙浑身是胆

惠王食蚂蟥

陶四翁火烧紫草

文彦博灌水浮球

……

全书共三册,各册贯穿一条红线,即所有选入的故事,都是正面故事,都是对中华传统美德的阐发和弘扬。众所周知,传统文化的原矿,实际上是精华与糟粕并存的。对一些宣扬封建迷信、愚忠冥顽、鸡鸣狗盗、作奸犯科的内容,我们坚决予以摒弃;对于具有进步倾向但却未能与时俱进的史料,我们在忠于史实的基础上,进行了宜于当今阅读的现代性转换;我们着力选择的是既为中华民族传统美德又符合社会主义核心价值需求的故事。通过二次创作,使精美的精神食粮"随风潜入夜"地进入成年人的视野,"润物细无声"地丰富其国学知识,陶冶其情操。《中国经典故事》着力使读者在情节里结识历史人物,感受古代先贤的高尚情怀,养成热爱中华优秀传统文化的感情,接受向善的价值熏陶。这是该书的直接功能。对成年人来说,阅读本书还有一个特别功能,即储蓄功能。因为无论是已成家的还是将要成家的,都会面对一个不可回避的子女教育问题。如果我们能未雨绸缪,及早将经典故事这门必修课学到手,对日后施教必将大有裨益;如是亡羊补牢,现在即学,则未为晚也。

每一册的主题都是多元的,都包含以下八项主题:自强、仁爱、孝敬、好学、诚信、勤俭、义勇、爱国;每一主题下又有多个故事;每个故事人物情节不一,它们像百花园里品种不同的鲜花般地竞相怒放,吐露馨香。

概而言之,书中的故事具有真善美三大特点。真,即所选故事是正史中确有记载的;善,指所有故事都是装载着正能量的;美,指故事的诉说风格平实,摇曳自然,语言形象生动。相信这批精神食粮能给开卷的读者带来有益的收获,成为追求书香者的良师益友。

韩品玉

2017 年 3 月

目　录

1. 匡地图存

孔子是春秋时期鲁国人。他有志于弘扬周代的礼法，无论处境如何艰难，都不改变自己的志向。

有一年，楚昭王想向孔子请教礼法，请他去楚国。孔子很高兴，以为自己的抱负终于有用武之地了，于是带上子路、颜回等徒弟，动身前往楚国。陈、蔡两国担心楚国聘用孔子，将对本国不利，就把孔子围困在了匡地。

匡地人烟稀少，孔子师徒已经整整两天没吃东西了。颜回绝望地说："我们要饿死在这个地方啊！"孔子说："我们的理想还没实现，不能就这么死去。"看着弟子们面黄肌瘦的样子，孔子艰难地站起身，拖着虚弱的身体走到河边。河边蒲草茂盛，随风摇摆。孔子拔了一棵，放到嘴里嚼了嚼，竟然可以吃！他又拔了几棵，急忙回去对弟子们说："这草可以吃，我们先将就吃点，保住性命，然后找机会逃出去。"弟子们一听，像抓住了救命稻草，纷纷爬起来去采。

子路愧疚地说："老师，您是圣贤的人，我们怎能让您吃杂草呢？"

孔子笑着说："伯夷、叔齐都能采食野豌豆，我为什么不能吃蒲草充饥呢？古人说，君子不经历困境难以成才，壮士不经历磨难难

以扬名。我们就把这作为奋发励志的开始吧。"弟子们听后很惭愧，
跟着老师一块儿吃了起来。就这样，他们在匡地被困了七天七夜，
直到楚昭王派人来接应他们，才得以脱险。

——出自《史记·孔子世家》

2. 卧薪尝胆

春秋时期，吴、越两国发生战争。越王勾践打了败仗，忍受着莫大的屈辱，伺候了吴王夫差三年。之后，他被放回了越国。

勾践在吴国时，当牛做马，日子过得很艰辛。如今回到了越国，他也不想让自己过得安逸。

于是，一回国，他就叫人在自己吃饭的地方，吊了一只苦胆。每次吃饭前，总是先咬一口苦胆，让苦味帮他回味以前吃过的苦，受过的屈辱。又命人把绵软的新褥子撤掉，铺上柴草。每天晚上睡在柴草堆上，又干又硬的柴杆儿整夜戳（chuō）着他，让他睡不好觉。没过多久，他身上就被戳破了皮，甚至流出了血。

有一天，一位官员实在看不下去了，趁勾践出去，偷偷叫人把他原来的褥子铺上。勾践回来一看，大发雷霆，差点儿把那官员拖出去斩了。勾践平复了一下心情，郑重其事地对他身边的人说："安逸的日子容易消磨人的志气，我需要通过这种苛刻的方式，把屈辱和痛苦烙进自己的内心。"那个官员听了，觉得很惭愧：自己的国君都能如此，作为臣子，更要积极生产，争取早日洗雪耻辱。

从此以后，越国上上下下都卯足了劲儿，一心只想让国家强大起来。终于，二十多年后，勾践率军打败了吴国，洗刷了丧国之辱。

——出自《史记·越王勾践世家》

3. 鸿鹄之志

陈胜是楚国阳城人，年轻时，给人当雇工。他每天日出而作，日落而归。这天，秋高气爽，云淡风轻，陈胜和同伴们又去给人耕地。一望无际的田野里，人们三五成群，个个儿灰头土脸，汗流浃背。陈胜对这种单调繁重的农活，越来越觉得厌烦，"唉，不干了！"他扔下耕犁，愤愤地走到地头，躺倒在田埂上，望着天空。同伴们见状，也都跟过去休息。

"听说皇帝又要征发民夫，去修骊（lí）山陵墓。"一个同伴散布着刚听到的消息。"这是什么世道呀，赋税这么重，徭役又这么多，还要受地主老财的压迫。"另一个同伴感叹地说。

陈胜猛地拍了一下田埂，气愤地说："我就想不通了，凭什么我们一辈子给人当牛做马，受他们压迫？"

此时，正有一排大雁从天空飞过。望着高飞的大雁，陈胜心想："终有一天，我要像这大雁一样自由翱翔！"想到这，他转过头，郑重地对同伴们说："将来我如果富贵了，一定不会忘记你们的！"

同伴们愣了一下，接着哈哈大笑起来。一人边笑边说："别做梦了，你这辈子就是雇工的命，还是老老实实给人耕地吧！"

陈胜摇了摇头，长叹一声："唉，燕雀又怎么会知道鸿

鹄（hóng hú）的志向呢！"

公元前209年，为反抗秦朝的残暴统治，陈胜带领同伴，砍木棒做刀枪，削竹子做旗竿，发出了"王侯将相宁有种乎"的怒吼，掀起了中国历史上第一次大规模的农民起义——大泽乡起义。陈胜这只来自田野的鸿鹄，带着青云之志，开启了飞翔之旅。

——出自《史记·陈涉世家》

4. 破釜沉舟

公元前 207 年，项羽率领楚军北上救援赵国。渡过漳河后，他命军队安营扎寨，与秦国二十万大军对峙。

由于秦军人多势众，楚军中弥漫着一股消极的情绪，士兵们个个垂头丧气，没有斗志。项羽深知双方兵力悬殊，心想："如果不能一击制胜，后果会不堪设想。"

项羽把众将士召集起来。他身穿铠甲，站在将台上，右手紧紧按着宝剑，慷慨激昂地说："勇士们，我们已没有任何退路。此次与秦军交战，定是一场你死我活的恶战！自古军人以战死沙场为最高荣耀，我们誓与秦军决一死战！"

士兵们眼神坚毅，高高举起手中的兵器，呼声震天："决一死战，决一死战……"

随后，项羽命人凿毁所有渡船，烧掉行军营帐，砸碎锅碗瓢盆，表明全军死战之心。军营里响声震天，浓烟四起；将士们群情激昂，士气大振。项羽命人擂起战鼓，率领全军将士，杀向敌军。战场上，项羽锐不可当，九进九出，杀伤敌军无数。楚军将士斗志昂扬，奋勇拼杀，直杀得地动山摇，血流成河。最终，楚军以少胜多，大败秦军。历史上称这次战役为"巨鹿之战"。

——出自《史记·项羽本纪》

5. 胯下之辱

秦汉之际，有个叫韩信的人，年轻时生活就没有着落，整天吃了上顿没下顿。一天，韩信空着肚子，摇摇晃晃地来到集市，想捡点儿东西吃。他正低头找寻，不小心撞到了一个恶少。

恶少看着衣衫破烂的韩信，恶狠狠地说："穷小子，你撞了我，该怎么办啊！"韩信没有理会他，想要走开。恶少一把抓住韩信的衣领，不依不饶地说："哟，想走？别看你长得高大，还佩戴宝剑，其实就是个胆小鬼！"

韩信挣脱恶少，瞪了他一眼。恶少顿时火冒三丈，指着韩信的鼻子，喊道："小子，还来劲了！你有种，就用剑刺我；没种的话，就乖乖地从我胯下钻过去！"说完，叉开双腿，并用手指了指胯下。

听到这，韩信脸色涨红，青筋暴突，死死盯着恶少。他紧握双拳，真想和那恶少拼了。可转念一想："大丈夫能屈能伸，这点儿委屈都受不了，怎么能干成大事！"

韩信咬了咬牙，松开双拳，把宝剑解下放到一旁，然后趴在地上，慢慢从恶少的胯下钻了过去。恶少得意地哈哈大笑。满街的人也都嘲笑韩信没出息。韩信爬起来，抓起宝剑，紧紧握住，心中默默发誓："我一定要干出一番事业，不能再让人瞧不起我！"

　　后来，韩信奋发图强，追随刘邦，为建立汉朝立下大功，被封为"淮阴侯"，与萧何、张良并称"汉初三杰"。

——出自《史记·淮阴侯列传》

6. 陈平忍辱苦读

陈平是西汉有名的宰相。可他小的时候很不幸，父母双亡，和哥嫂生活在一起。

陈平特别喜欢读书，大哥也很支持他，就不让他下地干活。可是大嫂觉得他是个闲人，总是隔三差五地找陈平的麻烦。

一天，陈平在院子里的大树底下读书。大嫂一边"咯嘣咯嘣"地吃着东西，一边恶狠狠地朝小花猫撒气："呸呸呸，你这东西，整

天吃闲饭，养你有什么用。看见你我就来气，快滚一边儿去！"说完，一脚踢飞了那只小花猫。陈平听后，默默地走到屋里，他明白大嫂是指桑骂槐。

没想到大嫂不依不饶，直接朝着屋门破口大喊："就是个吃闲饭的，还好意思往屋里跑……"

陈平躲在屋里，紧咬着嘴唇，双手牢牢地抓着书简，泪水不断往下掉。他痛下决心："我一定要读出个样儿来，给你看看！"

陈平的努力感动了一位老先生，被老先生收作学生。陈平十分珍惜这个机会，更加刻苦向学，终于学有所成，成为汉朝的宰相。

——出自《史记·陈丞相世家》

7. 司马迁发愤著《史记》

公元前99年，司马迁因替李陵辩护，惨遭官刑，被投进监狱。

在监狱里，司马迁万念俱灰："我遭受这样的奇耻大辱，活着还有什么意义，不如死了算了。"他"砰砰"地撞墙，神智越来越不清醒。

晚上，精神恍惚的司马迁做了个梦，梦见父亲临终前的情景。父亲拉着他的手，哽咽着说："迁儿，我死后，你一定要担负起完成《史记》的重任啊！"司马迁猛地惊醒，满头大汗。想起父亲临终的遗愿，想起尚未完成的《史记》，他的眼中满含热泪。"我不能辜负父亲的期望！就算死，也要死得有价值！"司马迁逐渐清醒过来，眼神变得刚强、坚毅。他从地上捡起石块，用力在墙上刻下一行字："人固有一死，或重于泰山，或轻于鸿毛！"

司马迁使劲敲打牢门，让狱卒过来。狱卒大骂："你个死太监，大晚上的，敲什么敲！"司马迁涨红了脸，强忍住心中的屈辱，说道："我是史官，记录历史是我的职责，请你给我些竹简和笔！"

狱卒十分不屑，嘲笑地说："你都这样了，还想着写书？"司马迁仍不放弃，坚持讨要。狱卒无奈，只好将此事汇报给皇帝。皇帝答应了司马迁的请求，给他竹简和笔。

　　监狱里光线幽黄昏暗，地面冰冷潮湿，时不时还有虫鼠出没。司马迁全然不顾，一心埋头苦思，奋笔疾书。他将全部心力都倾注在写作上，即使出狱后也没有停止书写。

　　数年后，《史记》铸成，被后世赞誉为"史家之绝唱"，世代相传。

——出自《汉书·司马迁传》

8. 朱买臣负薪读书

西汉时，吴地有个叫朱买臣的读书人，家境贫苦，靠砍柴为生。

妻子过够了这种穷苦的日子，要离开这个家。朱买臣拉着妻子的手说："你相信我，我一定会出人头地，让你过上好日子的！"妻子讽刺地说："瞧你这穷酸样，饭都吃不上了，还想出人头地，做梦去吧！"朱买臣抓住妻子的手，极力挽留。妻子使劲挣脱，并狠狠地说："你就饿死在这穷山沟里吧！我才不当傻子呢！"说完，头也不回地离开了朱买臣。

望着妻子远去的背影，朱买臣放声痛哭。突然，他想起了姜太公："当年，姜太公也是被妻子抛弃后，隐忍苦学，才功成名就的。自己怎么就不能像他一样呢？"想到这儿，他擦干眼泪，拿起了竹简。

从此，朱买臣惜时如金，更加发奋。他每天蹚着露水上山砍柴，砍柴之余，把书放在树下，边砍边读。有时读得入神了，斧头差点儿砍到手上。

卖柴的路上，朱买臣背着沉甸甸的柴草，旁若无人地背书，背到精彩之处，还连声称赞："妙，妙，妙！"路上来来往往的行人，都对他指指点点，可他全然不在乎。

　　后来，朱买臣向汉武帝上书献计，平定了东越叛乱。汉武帝封他为会稽太守，赐他衣锦还乡。

　　妻子看到朱买臣乘着皇家马车，穿着华丽的官服，身边跟着众多护卫。想想自己以前的所作所为，她满脸羞愧，便提出与朱买臣重归于好。没想到朱买臣命人端来一盆水，泼在地上，然后说："如果你能把泼出去的水收回来，我就答应你的请求。"见朱买臣这样坚决，妻子瘫在地上，放声痛哭，但这一切都已经无法挽回了。

　　　　　　　　　　　　　　　　　——出自《汉书·朱买臣传》

9. 陈蕃志存高远

陈蕃（fān）是东汉时人。他小时候酷爱读书，并且志向远大。

十五岁时，陈蕃跟父亲说："父亲，孩儿已经长大，想独自居住，历练自己。"父亲不同意，但禁不住儿子的一次次请求，就答应了。

这天，父亲的好友薛勤来看陈蕃。刚进大门，就听到陈蕃在屋里读书的声音，薛勤感到非常欣慰。但没走几步，只见院子里，满地落叶，杂草丛生，不禁又皱起了眉头。

陈蕃见薛叔叔来了，急忙放下书简，把他迎进屋里。薛勤一看，屋里竟然比外面还要乱：桌上摆满了未洗的碗筷，衣服扔得到处都是，墙角蛛网遍布，地上杂物堆积。薛勤的眉头皱得更紧了，心想："这孩子怎么这么邋遢（lā ta）？"他没有直接批评陈蕃，而是委婉地问："蕃儿，你怎么不好好打扫屋子，来接待客人呢？"陈蕃知道薛叔叔的意思，但他有自己的想法。他回答："薛叔叔，我觉得大丈夫顶天立地，应当志在天下，怎么能拘泥于这些小事呢？"

听了陈蕃的话，薛勤非常惊讶，心想："这孩子小小年纪，就有心怀天下的志向，前途不可限量，只是还缺乏磨练。"他想了想又说："蕃儿，志向远大是好事，但一屋不扫，何以扫天下？"陈蕃听

后，觉得很有道理，就虚心地说："薛叔叔，我记住了，以后我会注意的。"

后来，陈蕃凭借自己的努力，做到太傅，成为东汉的名臣。

——出自《后汉书·陈蕃传》

10. 左思知笨勤学

左思是西晋时齐国临淄人。他小时候相貌丑陋，口齿笨拙，不好与人交往。父亲左雍（yōng）很为他的前途担忧。

一天，好友来拜访左雍。左雍愁眉不展地说："唉，思儿从小就学习，可一样也没学成。这孩子的领悟能力太差，不如我小时候呀。"这时，左思正好路过，听到父亲的话，觉得很不服气。"我一定要学出个样，给父亲看看！"睡觉前，他这样想。

第二天，父亲从外面回来，刚进院子，就见石凳上、花盆边，处处散落着纸笔，心想："这孩子，怎么乱扔东西！"突然，他看见

儿子趴在花坛边上，不知在干什么。走近一瞧，原来在写字。见到父亲，左思赶忙站起来。

父亲生气地问："你怎么把纸笔乱扔一通？"

左思回答说："父亲，孩儿知道自己不聪明，学东西慢。但孩儿相信，只要自己肯下苦功夫，就一定会有收获！所以，我在家里的角角落落放上纸笔，以便随时随地学习。"

后来，左思凭借这股知笨勤学的毅力和志气，博览群书，苦心构思十年，终于写成脍炙人口的《三都赋》。一时间，人人争相传抄，京城洛阳的纸都供应不上了。

——出自《晋书·左思传》

11. 佝偻承蜩

一个夏天的早上，孔子和弟子们去楚国游学，经过一大片树林时，远远望见有个人在粘知了。虽然知了机警善飞，但那人总能手到擒来。弟子们见到这个情景，纷纷惊叹："难道这就是传说中的世外高人？"大家走近一看，那人竟是一位驼背的老者！

孔子恭敬地请教老者："您粘知了这么灵巧，一定有什么秘诀吧？"

老者看了看孔子，回答道："的确是有秘诀。我首先练习托举竹竿，使自己的身体和竹竿融为一体，能够在林中纹丝不动。开始时，我在竹竿顶端叠放两个泥丸而不坠落，粘知了失手的概率就很小了。我继续练习，又在竹竿顶端叠放三个泥丸，泥丸不掉下来再去粘，逃走的知了不到十分之一。到如今，我能把五个泥丸叠放在竹竿顶端而不坠落，这时再去粘知了，就跟捡拾东西一样容易了。现在我眼里只有知了，别的什么都没有。这样还能粘不到知了吗？"

孔子听后很受启发，谢过驼背老者，回头对弟子们说："只有全神贯注，专心致志，才能做好事情。这就是驼背老者粘知了的秘诀！"

——出自《庄子·达生》

12. 奕秋诲棋

奕（yì）秋是战国时期有名的棋手。他棋艺高超，无人能敌。

有两个年轻人前来拜奕秋为师，奕秋收下了这两个徒弟，并悉心教导他们。过了一段时间，一个徒弟的棋艺大有长进，而另一个却连下棋的要领都没有掌握。两个徒弟的棋艺相差如此之大，人们都很惊讶，就问奕秋其中的原因。奕秋笑着说："你们观察一下两人学棋的表现，就明白了。"

这天，奕秋又在树下教两位徒弟下棋。一个徒弟专心致志，全神贯注地听师傅讲如何下棋。另一个却心不在焉，望着天空出神，

心想："如果现在飞过一只大雁该多好啊，那我就可以一展自己的箭术了。"他忍不住向天空伸出手，做出拉弓射箭的样子。沉浸在自我幻想中的他，完全听不见师傅在讲什么。

俗话说："师父领进门，修行在个人。"同一个师父带出来的徒弟，水平也可能相差很大，这和个人能否专心学习有很大关系。

——出自《孟子·告子上》

13. 项橐智辩

春秋时候，有个孩子叫项橐（tuó），他不仅聪明机智，还和我们的至圣先师孔子辩论过呢！

有一天，项橐和几个同伴在路中间玩筑城堡的游戏。这时，孔子和弟子们驱车路过这里，因为孩子们挡在路的中央，孔子师徒没法通过。赶车的子路大声喊道："让一下，让一下！"同伴们都纷纷躲到路旁，只有项橐一动不动，像没听见一样。

孔子很奇怪，下车走到项橐跟前问："你怎么不让路呢？"项橐头也不抬地说："您没看见我的这座城堡吗？我在守城啊！"

　　孔子觉得这个小孩儿很有意思，继续问："那我们的马车来了，要通过你们的城堡，可以吗？"项橐说："我这个城堡关着门呢，您怎么能过得去呢？"这时候，子路急了，喊道："小孩，把你的城堡挪开，先让马车过去！"项橐一本正经地说："是城堡避让马车，还是马车避让城堡呢？"

　　孔子很无奈，只好对弟子们说："这个孩子太聪明了，我们还是绕'城'而行吧。"

——出自《三字经》

14. 晏子智对

晏子是春秋时期齐国人。他睿智善辩，很有才干。

有一次，晏子出使楚国。楚王得到消息后，提前谋划了一番，准备羞辱晏子。

晏子来到楚国后，楚王设宴招待。当宾主正喝得高兴时，只见两个士兵押着一个犯人从旁边经过。楚王问："这个人是从哪里来的？"士兵答："从齐国来的。"

楚王看了晏子一眼，继续问："他犯了什么罪？"士兵回答：

"他犯了盗窃罪。"

楚王问晏子："齐国人本性就爱偷东西吗？"

晏子从容地站起身，回答道："我听说，橘子树种在淮河以南，结出的是又香又甜的橘子；如果种到淮河以北，结出的就是又苦又涩的枳子。这是什么原因呢？因为水土不同啊！齐国的老百姓在齐国不偷东西，到了楚国就偷东西，莫非是因为楚国的水土让人喜欢偷东西吗？"

楚王听了这番话，哑口无言，过了会儿，只得讪讪地笑着说："以后可不能和您这样的智者开玩笑了，不然只能自讨没趣！"

——出自《晏子春秋》

15. 张仪折竹抄书

张仪年轻的时候，家境贫寒，靠替别人抄书来维持生计。他很喜欢读书，经常一边抄写，一边用心地阅读。遇到好的文章，他总是看了又看，爱不释手，有心把文章抄下来带回家，又怕被雇主发现而遭到责骂。

这天，张仪抄书的时候，一不小心把墨汁沾到了手上，顺手一抹，就成了一个短短的"一"字。张仪灵机一动，心想："如果把文章抄写在手心里，应该不会被发现的。"

　　当晚，张仪就把喜欢的文章片段抄写到手心里、大腿上。回到家后，趁着字迹还能辨别得出来，他赶紧到院子里砍下竹子，削成竹片，把手心里、大腿上的句子再抄写到竹片上。就这样，张仪经常忙到深夜，但他一点儿也不觉得累。看着自己写好的竹片，他感到很充实！

　　日积月累，张仪记录文字的竹片越来越多，知识也越来越丰富。后来，张仪成为战国时期非常有名的纵横家。

——出自《拾遗记》

16. 孟母三迁

孟子，名叫孟轲（kē），是我国儒家学派的代表人物之一。

小孟轲父亲去世早，他和母亲相依为命。母亲一心想把他培养成一个懂礼仪、有学问的人。

孟轲家附近有个墓地，经常有人在那里举行葬礼。小孟轲看见人们跪拜痛哭，非常好奇，就学着他们的样子，和小伙伴们用沙堆做成坟丘，跪下来号啕大哭。孟母看到这种情景，失望地说："这里不适合我们居住。"

于是，他们搬到了集市旁边住。集市上有很多做买卖的人，热闹非凡。小孟轲觉得很有意思，就捡来石块当作商品，让小伙伴扮作顾客，和他们讨价还价，玩得不亦乐乎！孟母无奈，决定再次搬家。

这次他们搬到了一个屠宰场附近。小孟轲看到屠宰场里的人宰杀牲畜，感觉比做买卖好玩多了，便经常旁观，甚至跃跃欲试，想摸一摸那锋利的屠刀。于是孟母决定第三次搬家。

这次他们搬到了一个学校旁边。看着学生们恭敬地叩拜老师，小孟轲也饶有兴趣地学习拱手行礼的动作，态度十分虔诚。看到这些，孟母满意地点点头，决定在这里定居。

从此，孟轲得以专心致志地学习，终于成为一代大儒，和孔子并称"孔孟"，被尊称为"亚圣"。

——出自《列女传·母仪传》

17. 纪昌学射

古代，有位神箭手，名叫飞卫。不管是天上的飞鸟，还是地上的走兽，他都能百发百中。

有个叫纪昌的年轻人，拜飞卫为师，学习射箭。飞卫说："要想学射箭，你得先练习盯紧目标，不眨眼睛。"

纪昌回到家中，仰卧在妻子的织布机下，紧紧盯着不停地摆动的飞梭，眼睛一眨不眨。这样练习了两年之后，即使拿着针向他刺去，他都丝毫不眨眼睛。

纪昌认为自己现在可以学射箭了，就高兴地跑去向飞卫报告。

飞卫拍了拍纪昌的肩膀说："你现在只具备了神箭手的第一步。接下来你要训练自己的眼力，只有把小的东西看大，模糊的东西看清楚，才能学射箭。"

纪昌又回到家中，捉了一只虱子，用牛尾巴上的毛拴住它，挂在窗前，每天盯着虱子练眼力。这样练习了三年后，这只小小的虱子，在纪昌的眼里，竟然有车轮那么大！

纪昌拉开用燕地牛角制成的小弓，搭上用细竹做的箭，向虱子射去，正中虱子中心，而且牛尾毛竟然没断！

纪昌向飞卫报告了这件事情。飞卫高兴地说："你终于掌握了射箭的诀窍！"

——出自《列子·汤问》

18. 孙敬悬梁

孙敬小时候喜欢读书，夜以继日，非常刻苦。

一天夜里，小孙敬瞌睡难耐，却舍不得放下手中的书本。这时候，父亲走了过来，见儿子读书如此用功，很是心疼，爱怜地摸了摸他的头，关心地说："这么晚了，赶紧休息吧！"小孙敬一个激灵清醒了过来，精神抖擞，竟然一点儿都不困了！他对父亲笑道："我

现在一点都不困了，还想再学一会儿，您早点休息吧！"

这件小事，让小孙敬想出了一个防止打瞌睡的好办法。他找来一根绳子，绳子的一端系在房梁上，另一端系在自己的头发上。这样，如果犯困了，头一低，绳子就会扯疼头皮，头脑就清醒了，他就能够继续读书学习了。

就这样，孙敬坚持勤学苦练，不分昼夜地努力读书，终于取得了不小的成就，成为东汉著名的大学问家。

——出自《汉书》

19. 苏秦刺股

苏秦年轻的时候，就有远大的志向。但他游学多年，却一事无成，大家都瞧不起他，连家人也不看好他。苏秦的嫂子嘲笑他说："你不种地，也不做买卖，只会耍嘴皮子，穷困潦倒，不也应该嘛！"

苏秦很羞愧，暗暗发誓，一定要更加发愤地读书，为自己赢得尊严。从此，他闭门不出，每天读书到深夜，甚至忘记了吃饭和休息。有时候读着读着就困了，眼前的字都变得模模糊糊的。苏秦对

自己这种读书状态很不满意，每当犯困的时候，他都狠狠地拧自己一把。后来，他干脆找来一把锥子，放在自己的桌子旁边。夜里读书犯困时，他就拿起锥子，刺向自己的大腿，剧烈的疼痛瞬间让他清醒过来，然后继续努力读书，钻研学问。有一次，由于用力过猛，苏秦刺破了腿，血都流到了脚背上，但他却丝毫没有发觉。

就这样，凭着刻苦学习的精神，苏秦最终成为战国时期著名的政治家。

——出自《战国策·秦策一》

20. 临池学书

张芝自小爱好书法，每当小伙伴们嬉戏玩耍的时候，他都在家里练习书法，研墨运笔，自得其乐。

夏天一个闷热的午后，张芝信步走到门外的小池塘边。一阵清风吹来，顿觉神清气爽。在这幽静的池塘边，有清风相伴，还可以就地取水研墨，让这个小书法迷不禁有了写字的雅兴。于是，他取

来纸笔，在小池塘边写起字来，好不惬意。

从此，张芝经常在池塘边练字。夏练三伏，冬练三九，他的书法有了很大长进。后来，他对草书着了迷，练习得更加刻苦。家里的纸张不够用了，张芝就用白色布帛代替，等把布帛写满了，就在身边的小池塘里洗干净，晾干再写。

后来，张芝慢慢发现，布帛怎么洗都洗不干净，总是黑乎乎的。原来，经过张芝日复一日、年复一年的洗墨涮笔，整个池塘里的水都被染黑了。池水这么黑，难怪洗不干净布帛！

就是凭着这种对书法的痴迷和执着，张芝的草书成为后世学习的典范，他也被人们誉为"草圣"。

——出自《四书体势》

21. 桐叶封弟

西周初年，周武王去世，他年幼的儿子姬（jī）诵登基，就是周成王。

一天，成王和他的弟弟叔虞在园中玩耍。一阵微风吹过，桐树的叶子飘飘洒洒，落到地上。成王被这景色打动了，转头对叔虞（yú）说："弟弟你看，这些叶子多美啊，我们把它收藏起来吧！"叔虞赞同地点点头。

两人蹲在地上，认真地挑拣桐叶。成王看到一片桐叶的纹理很

漂亮，便将它剪成玉圭的形状，递到叔虞的面前，说："这个是我做的玉圭，就作为分封你的信物吧！今后你就是唐国的诸侯了！"叔虞开心地接过桐叶，笑着向成王道谢。

周公听说后，立即去拜见成王，问道："大王，您准备何时分封叔虞为诸侯呢？"成王说："那不过是一句玩笑话而已。"

周公严肃地说："天子无戏言。您用桐叶作信物，将唐国封给叔虞，史官会真实地记录下来。如果您只当是玩笑话，那么大家都会认为大王您说话随意，谁还会认真地听从命令呢？"成王觉得周公说得很有道理，就下令分封叔虞。

人们知道这件事后，对周成王信守承诺的品德深感敬佩。

——出自《吕氏春秋·审应览》

22. 文公攻原国

　　春秋时期，晋文公率领部队攻打原国。出发前，他与大夫黄越约定：十天之内攻克原国！于是，晋军只装载了十天的粮草就出发了。

　　战事并没有想象中那么顺利，十天过去了，原国还没有被攻克。由于与黄越有约，所以晋文公下令收兵，准备撤回晋国。

这时，去原国打探消息的人回来，报告说："只要再有三天，就能攻克原国！"听到这里，群臣纷纷建议晋文公，暂时不要撤回晋国。

晋文公没有采纳群臣的意见，而是说："打仗前，我与黄越约定了十天的期限，如今期限已到，不管结果如何，我都要遵守约定。若是因为贪图战争的胜利而失信于人，岂是君子所为？"于是，他下令撤兵回国。

原国人知道了这件事，都说："有这样信守诺言的君主，怎能不归顺他呢？"于是原国归顺了晋国。卫国人听到了这个消息后说："像文公这样言出必行的君主，如果跟从他，肯定会有好日子过的！"于是卫国也主动归顺了晋国。

孔子听到这件事后，把它记录了下来，并且说："文公攻打原国，还意外地收获了卫国，都是因为他诚实守信的缘故啊！"

——出自《韩非子·外储说左上》

23. 退避三舍

公元前 632 年，晋楚城濮之战爆发。就在两军对垒、大战一触即发的时候，晋文公突然下令：全军退避三舍（舍，shè。古代一舍等于三十里）。此时，将士们士气正高，都不愿撤退。

晋文公对他们解释说："我落难时，楚王曾帮助我，我对他有过承诺！"

原来，当年晋文公的父亲听信谗言，要加害他。文公流亡到楚国，楚成王收留了他，对他十分热情。

这天，成王设宴招待文公。席间，成王问文公："如果公子日后回国，做了国君，您拿什么报答我呢？"文公作揖答道："美女珠宝、珍禽异兽，贵国都有，我哪敢再把这些东西献给大王您呢？"

成王不高兴地说："我待公子不薄（báo），您总该有所报答吧？"文公恭敬地说："如果我能回国当上国君，我愿与楚国世代友好。如果日后两国迫不得已在战场相遇，我一定会命令部队，退避三舍。"

听到这里，将士们都心服口服，一致同意撤退。楚军见晋军后撤，骄傲自大起来，结果被打得溃不成军。

——出自《左传·僖公二十八年》

24. 李离伏剑

春秋时期，晋国有个掌管刑罚的官员，名叫李离，深得晋文公的信任。

有一次，李离因误判了一个案件，错杀了一位无辜的人。为此，他自责不已，并把自己拘禁起来判了死罪。

晋文公听说后，召见了李离，对他说："这是你的下属犯了错，不是你的责任。"

李离摇了摇头，回答说："我身为长官，误判案件，错杀无辜，怎么能把罪责推给下属呢？"

晋文公仍然不舍得判李离死罪，就说："照你这么说，那作为一国之君的我，岂不是也有罪了吗？"

李离仍然坚持说："掌管监狱的官吏应该遵守法律，公正判案。误判了案子，那就是违法，要依法治罪。把责任推给下属，既是对国家法律的不尊重，也是对百姓和自己的不诚实。大王您信任我，才让我做掌管刑罚的官员。现在我辜负了您的信任，错杀了无辜，罪该当死。"说完，便拔出侍卫的宝剑，自刎而死。

李离以身殉法，坚守了自己诚信做人的原则，维护了国家法律的尊严。

——出自《史记·循吏列传》

25. 季札赠剑

春秋时期，吴国国君派小儿子季札出使晋国。途中经过徐国时，徐国国君十分欣赏季札，便设宴款待他。

宴会中，徐国国君对季札的佩剑很感兴趣。季札借给他观赏，他拿在手里反复把玩，爱不释手。虽然嘴上没说什么，但脸上写满了喜爱之情。季札看在眼里，心中暗暗许诺："好剑应该配真正喜爱它的人，但目前我需要佩带这把剑出使晋国，暂时不能相送。不过我回来后，一定把它赠给徐国国君。"

几个月后，季札从晋国回到徐国，不料国君已经去世。季札悲痛之余，决定将宝剑送给徐国的新国君。随从劝阻他："这把剑是吴国的珍宝，不是

用来赠送的。"季札说:"这不是赠送,而是践行我的诺言。尽管徐国国君已经去世,但我不能违背诺言!"

随后,季札将宝剑赠予新国君。新国君说:"先王没有遗命,我不敢接受这么珍贵的礼物啊!"

于是,季札来到老国君的墓地,将宝剑挂在了墓地旁边的树上。徐国的百姓很赞赏季札的高风亮节,他们唱道:"延陵季子啊,不忘承诺;解下千金之剑啊,挂于墓旁!"

——出自《新序·杂事卷七》

26. 曹沫持匕挟君

公元前7世纪，鲁国大将曹沫多次带兵抵抗齐国入侵，但因为实力悬殊，鲁国多次战败，丢了好多土地。

战争结束后，鲁国和齐国约定在柯地会盟。当天，鲁庄公与齐桓公登上高台，正准备签约，突然，曹沫猛得冲出来，用匕首抵住了桓公的脖子。旁边的齐国大臣乱成了一团，桓公也慌了神，颤抖着问："你要做什么？"

曹沫大声说："你们齐国太过分了，以强欺弱，侵占我们的土地，这让我们鲁国怎么生存？只要大王答应归还鲁国的土地，我保证你没事。如果不答应，那咱俩就只好同归于尽了！"

听了曹沫的话，桓公咬了咬牙，说道："好，我答应你！"得到桓公的许诺，曹沫放开了他。桓公的卫士立马抓住了曹沫。

惊魂已定的桓公叫来宰相管仲（zhòng），表示自己不想归还鲁国土地。管仲立马劝道："大王，反悔是失信的行为。如果您言而无信，就会在诸侯中失去信义，失信便会失去各国的支持，后果不堪设想。"

桓公恍然大悟，于是下令释放了曹沫，并履行承诺，把侵占的土地还给了鲁国。

——出自《史记·刺客列传》

27. 曾子杀猪

鲁国有个人叫曾参（shēn），他是孔子的学生，后人尊称他为曾子。

一天早上，曾子的妻子去赶集。出门没多远，儿子就哭喊着追了上来，闹着也要去。她觉得带着小孩赶集不方便，就没答应。但是儿子怎么都不依。她只得哄儿子说："乖孩子，你回家等着，待会儿我回来，杀猪炖肉给你吃。"这话真灵，儿子一听便高兴地跑回家了。

不久，曾子的妻子从集市上回来，刚进门，就看见丈夫在磨刀，

旁边的地上，被捆绑的小猪在嗷嗷地叫着。

她疑惑地问："又不是过年过节，杀猪干吗?"

曾子指着旁边的儿子问："你刚才出门的时候，不是答应要杀猪炖肉给他吃吗? 既然答应了，就应该做到!"

妻子说："我不过是哄哄他罢了，怎么能当真呢!"

曾子认真地说："孩子这么小，什么都不懂，只会跟着父母学，今天你欺骗他，就是在教他欺骗别人。再说，大人说话都不算数，以后怎么能教育孩子呢?"

妻子认为曾子的话有道理，于是帮着曾子把猪杀了，给儿子炖了一锅香喷喷的肉。

——出自《韩非子·外储说左上》

28. 军令如山

战国时期，齐国和燕国打仗。齐景公任命司马穰苴（ráng jū）为大将军，率军出征。

司马穰苴向景公请求道："大王，我刚上任，还没在军中建立威信。希望您派最信任的臣子，和我一同出征。"于是，齐景公派庄贾去做监军，随军出征。

从宫里出来，穰苴与庄贾约定：明日午时，大军在营门集合，准时出征！违者军法严惩！

次日午时，大军集合完毕，唯独庄贾没有按时到达。全军一直等到太阳快要下山，才见他慢悠悠地走来。

司马穰苴严厉地问："你为何迟到？"庄贾傲慢地说："朋友送别，多喝了几杯。"穰苴大怒："国家处于危难之际，军人当舍身报国，抛掉私事！你居然因为喝酒吃饭，耽误出征时间！"他转头问军法官："按照军法，军官迟到，该当何罪？"军法官回答："当斩！"

庄贾一听，吓得瘫软在地，一边派人向景公求救，一边狡辩。可是没等景公赶到，司马穰苴已将他斩首示众。

全军将士都被司马穰苴的守信和执法森严所震慑，对他肃然起敬。从此以后，再没有人敢违反军令。

——出自《史记·司马穰苴列传》

29. 吴起请客

　　吴起是战国时期著名的军事家，他待人诚恳亲切，十分守信用。

　　一天中午，吴起在街上遇到了很久没见的朋友。故友相见，分外高兴，他热情地邀请朋友到家里做客。

　　朋友因为有急事要办，便约定办完事情之后，再去吴起家做客。吴起说："那好，我先回家准备，等你过来一起吃饭。"

　　直到傍晚，那位朋友都没来。家人催促吴起吃饭，吴起却坚持等朋友来了一起吃。可一直到深夜，朋友也没来。第二天一早，吴起派人去请朋友。等朋友来到后，他才和朋友一块吃了饭。席间，

朋友听说吴起从昨天中午就在等自己，一直没吃饭，既感动又惭愧，便向吴起道歉："昨天的事情拖得久了一些，办完事后，我就直接回家了，没想到你一直在等我。这让我心里实在过意不去！"吴起笑着说："我如果不等你，自己先吃，那不是自食其言了吗？做人要讲信用，咱们说好了一起吃饭的，我不能违背约定。"

朋友听后，感叹地说："怪不得你能把军队管理得那么好，战无不胜。你这么讲信用，士兵们肯定很信任你。看来，只有遵守诺言的将军，才能令三军信服啊！"

——出自《龙门子凝道记》

30. 立木为信

公元前356年，秦孝公想使秦国强大起来，就任命商鞅（yāng）推行变法改革。但因为百姓不信任官府，所以商鞅制定的许多新法令，一直推行不下去。怎样才能取信于民呢？他思来想去，想出了一条妙计。

一天，商鞅命人在国都集市的南门，竖起一根三丈多高的圆木，并在旁边贴出告示："谁能把这根圆木扛到北门，就赏他黄金十两！"

告示一出，引来很多人围观。人们指指点点，议论纷纷：把这根木头搬到北门，也不是什么难事，哪里用得着给十两黄金呢？太奇怪了！

_10

过了好久，商鞅见没有人上前搬动，便大声说："谁能把这根圆木扛到北门，赏黄金五十两！"

此话一出，人群里像炸开了锅似的。这时，一个大胆的男子从人群中走了出来。他扛起木头，在肩上试了试，然后径直向北门走去。人们也都跟去，想看个究竟。

当男子把圆木扛到北门后，商鞅亲自将五十两黄金送到男子手中，并大声说："从现在起，秦国将变法图强。以后不论什么事情，官府说到做到，正如这件事一样，绝不食言！"商鞅的话音刚落，人们便纷纷拍手称赞。

——出自《史记·商君列传》

31. 帝尧的宫殿

古时候，尧（yáo）是部落联盟的首领。他很关心自己的百姓，同他们一起劳作，并经常接济贫苦的人家，而自己却过得很俭朴。

一天，其他部落的首领来拜访尧。他们怎么也找不到尧的宫殿，不得不向一个路人打听。路人指着不远处的几间茅草房说："那边就是。"

几间普普通通的茅草房，屋顶的茅草杂乱不齐，没有修剪；用作房梁的树干上，还有枝杈没有砍掉呢！看着这样的房子，首领们非常惊讶，纷纷议论起来："天哪，他住的是什么样的房子啊？"

"这也太简陋了！"

"就是，还没有我们那里看门的住的好呢！"

正当他们议论时，尧从草房里走了出来。首领们看到尧的衣服上大大小小的补丁，一个个瞪着眼、张着嘴，惊讶得说不出话来——他们不敢相信，这就是大名鼎鼎的尧啊！

尧热情地把首领们请进自己的"宫殿"，并设宴招待他们。桌上的饭菜异常简单，除了一只烤兔子，其余全是野菜，像荠菜、苋菜等，还有一盆苦菜汤。看着这些盛着饭菜、清汤的盆碗全是用泥土烧制成的，首领们又一次震惊了！他们没想到，同样身为首领，尧

的生活竟然如此俭朴和清苦。大家席地而坐，吃着野菜，喝着清汤，脸上不禁露出惭愧的神情。

回到各自的部落，首领们以尧为榜样，把自己的奢侈品换成食物，分给吃不上饭的穷人；脱下华丽的衣服，换上粗衣，同百姓们一起耕种渔猎。

——出自《韩非子·五蠹（dù）》

32. 舜耕历山

舜小时候母亲去世了，父亲娶了后妻。后娘原本就不喜欢舜，等后娘生了儿子，就更讨厌他了。

春天来了，后娘让兄弟俩去历山种豆子。因为南坡阳光充足，她让亲生儿子种南坡，舜种北坡，并且给儿子的种子粒粒饱满，给舜的却颗颗干瘪（biě）。舜没有抱怨，他扛起锄头，带着种子就下地了。

从此以后，舜每天起早贪黑，整日在地里劳作。天一放亮，他

就来到田间；夕阳西下，还挥动着锄头。那边的弟弟呢，他娇生惯养，好吃懒做，干起活来，三天打鱼，两天晒网。过了一段时间，历山的南坡和北坡就是完全不同的景象了。北坡的豆苗绿油油的，长势喜人；南坡却荒草丛生，只有稀稀拉拉的豆苗淹没其间。

有一天，部落首领尧来到历山体察民情。在山北坡，他看到舜正赶着大象犁地。让他很奇怪的是，舜赶象不拿鞭子，而是敲打簸箕（bò ji）。尧来到舜跟前，问他："你耕地为什么要敲簸箕呢？"舜回答说："象为我耕地已经十分辛苦，我实在不忍心再用鞭子抽它，敲簸箕吓唬一下就行了。"听到这里，尧对舜的勤劳善良十分赞许。

后来，舜经历了各种磨练，显示出杰出的治国才能。尧退位后，就把帝位禅让给了舜。

—— 出自《史记·五帝本纪》

33. 大禹治水

尧在位期间，北方经常发生水灾，百姓生活十分艰难。尧命鲧（gǔn）去治理水灾。鲧花了九年时间也没有把洪水治服，尧就让鲧的儿子禹继续治水。

禹吸取了父亲治水失败的教训，采用疏通河道的方法治理水灾。他带头挖掘沟渠，担土挑石，吃住都在工地上。时间长了，他的脸晒黑了，人也累瘦了，却始终没有放弃治水的信念。

那时，禹结婚没多久，就离开了妻子去治水。妻子涂山氏是一

个贤惠的女人，非常理解丈夫。但她没想到，丈夫一走就是十三年。

十三年间，禹一心一意扑在治水上，曾经三过家门而不入。第一次经过家门时，妻子正在分娩，听着刚出生的儿子启哇哇的哭声，他咬了咬牙走开了；第二次经过家门，看到儿子在妻子的怀中，他狠狠心，没有进去；第三次经过家门，启正蹒跚（pán shān）学步，看着儿子迈着歪歪斜斜的步子向前走，他挥了挥手，便匆忙离开。

经过不懈的努力，禹带领百姓凿开一座座大山，挖通一条条水道，使河水顺畅地向东流去，汇入大海。水患终于被制服了，百姓过上了安宁富足的生活。

——出自《史记·夏本纪》

34. 晏婴待客

晏（yàn）婴是春秋时齐国的宰相。他节俭朴素，关心百姓疾苦，深受齐人爱戴，被尊称为"晏子"。

一次，齐景公的大臣梁丘据去晏子家，正赶上晏子吃饭。因为饭菜不多，晏子就把自己的食物分出一半，款待客人。结果，梁丘据没吃饱，晏子也没吃饱。回到王宫，梁丘据把这件事告诉了齐景公。齐景公不相信：堂堂宰相，待客竟然这么寒酸？

第二天，齐景公来到晏子家。当见到饭桌上只有一碗粗米饭、一盘野鸟肉和一盘青菜时，他惭愧地说："您身为相国，家里竟这么

贫穷，我这个国君却不知道，这是我的过错啊！"

晏子回答说："现在国家还不富足，普通人平常也就吃一碗米饭；我加上一盘鸟肉，相当于两个人的量；再加上一盘青菜，就赶上三个人吃的了。我没有高于普通人的德行，却吃了三个人的饭。您对我的赏赐已经够丰厚了，我们家并不贫穷。"

回宫后，齐景公派人给晏子送去千金，晏子坚决不收。齐景公又派人送了两次，也都被他谢绝了。

——出自《晏子春秋》

35. 敝车相国季文子

　　季文子是鲁国的相国。一天，他要乘马车上朝，看到仆人用粮食喂马，就严厉地批评他："我说过不许用粮食喂马，喂草就够了。现在国家还有很多人吃不上饭呢！"仆人辩解说："我知道这个道理，可是如果我们不用粮食喂马，别人会说我们家小气。"季文子微微一笑："知道就好，那就不要管别人说什么。"

　　车上路了，车轱辘发出吱嘎吱嘎的响声。驾着这样的破车，仆人觉得非常没面子，而季文子则坦然地坐在车上。在闹市区，他们

遇到了仲孙它。仲孙它看到季文子衣着破旧，马车简陋，就嘲笑他说："大人，您作为鲁国的相国，家人不穿绸缎衣服，喂马也不用粮食，这不是太小气了吗？让别国知道了，指不定认为我们鲁国有多穷呢！"

季文子听到这种讽刺，并不生气，反而语重心长地说："绸缎衣服和华丽的马车，谁不想要呢？可我们鲁国还有很多老百姓缺衣少粮，生活困难，我如果让家人穿绸衣，用粮食喂马，那我怎么能安心呢？"

仲孙它听了季文子的话，很受教育。后来，仲孙它一改奢华之风，生活俭朴，还成了鲁国非常有名的大臣。

——出自《国语·鲁语》

36. 宰相夫人

东汉时，王良在京城做宰相，而他的妻子仍留在老家，自耕自种，自食其力。一次，王良的下属鲍（bào）恢到东海郡出差，正好路过王良的家乡兰陵，便特意到他家去拜访。到了村里，他多方打听，才找到王良的家。来到门口，眼前的情景让鲍恢大吃一惊：几间简陋的茅草房，用篱笆圈起的小院，全无一点儿宰相家的气派。

这时，一位身穿粗布衣裙的妇人，背着一捆柴，慢慢走来。鲍恢向妇人作揖问道："请问这里是王良大人的家吗？他的夫人在家吗？"

妇人放下柴草，拍了拍身上的尘土，回答说："我就是王良的妻子。请问您是……"

鲍恢更加惊讶，没想到这个衣着朴素的农妇就是宰相夫人，不由得肃然起敬。他说："我是王大人的下属，出差路过此地，特来看望夫人！"

王良夫人热情地邀请他到屋里喝茶休息。进入屋中，鲍恢看到屋子不大，只摆了几件简陋的家具。稍事休息后，鲍恢说："夫人可有家书要带给王大人？"

王良夫人说："现在田里比较忙，没时间写家书。就请你帮我带个口信，家中一切安好。"

后来，人们便称王良夫人为"种地的宰相夫人"。

——出自《后汉书·王良传》

37. 孙权辨宅

三国时，吴国有个骑都尉叫是仪，专门管理国家机要事务。他生活俭朴，在当时非常有名，可是吴王孙权对此却半信半疑。

一天，孙权外出打猎。在林场的附近，他看到一幢大宅子，富丽堂皇，很是气派，便问随从："这是谁家的房子？这么豪华！"随从回答："好像是是仪家的。"孙权说："我听人说，是仪非常节俭，现在看来并不是那样嘛！"随从也说不清楚怎么回事。

孙权决定亲自到是仪家中，一探究竟。等随从敲开大门，孙权问道："这是是仪家吗？""不是，是仪大人家在隔壁。"开门的人指

着旁边一处低矮的宅院回答。

一行人来到是仪家门前，只见大门敞开，门庭破旧，院落狭小，一点儿也不像朝廷大臣的宅院。是仪听说吴王来了，赶紧出门迎接。寒暄过后，孙权径直走进堂屋，看到饭桌上摆着的，只有几碗米饭和两盘素菜。孙权品尝了一口，觉得实在难以下咽，不禁发出了一声叹息。

"看来是仪俭朴的名声并不是虚的！"孙权心里念叨着。回宫后，他下令增加是仪的俸禄，并赏赐他田宅。可是仪一再辞谢，坚决不肯接受。

——出自《三国志·是仪传》

38. 陶侃惜物

陶侃（kǎn）是东晋大将，不仅擅长带兵打仗，还非常节俭，爱惜物力。

有一年，陶侃任荆州刺史时，皇上派他监督造船。在巡视造船的时候，他发现工匠们把一些下脚料，比如木屑、竹头，随便扔掉，感觉非常可惜。但他只是皱了皱眉头，也没有说什么。回到官府，陶侃命人把那些木屑、竹头都收集起来，登记储存。人们不明白他到底要干什么。

第二年冬天，连着下了好几场大雪，刺史大堂前的地面有很多

积雪，路上又滑又湿，很不好走。往年这个时候，人们走在上面，稍不留神就会摔个大跟头。今年却不一样，有人发现，雪地上铺着很多木屑。原来，陶侃派人把储存的木屑洒在雪地上，增加了雪地的摩擦力，这样就能防止行人滑倒了。

隔了不久，大将桓温要去攻打蜀国，急需造一批战船，没想到钉子不够用了。工匠们火急火燎地四处寻找，因为如果不能按时造出战船，耽误了军机，可是死罪。陶侃知道了这件事情后，命人把之前收集的竹头都拿出来，削成竹钉，送往造船工地，解了燃眉之急。

工匠们非常感激陶侃。陶侃对他们说："这些竹头都是你们当作废料扔掉的。别小瞧它们，关键时刻，它们还能发挥作用！"

——出自《晋书·陶侃传》

39. 陆纳杖侄

　　陆纳是东晋名士，原来在江南做官。因为为官清廉，被提拔做尚书。离任前，有人劝他多带些地方特产进京，陆纳摇头拒绝了。

　　到京城没多久，大臣谢安说要来拜访他。谢安是朝廷的一品大员，很多人都想与他结交。对于谢安主动来访，陆纳也很高兴，但并没有特意准备什么来招待他。陆纳有个侄子叫陆俶（chù），他觉得这是和谢安套近乎的好机会，就想着好好招待谢安。他没有问叔父怎么安排，就自作主张预备了丰盛的酒席。当天，谢安如约前来，

跟陆纳谈得非常尽兴。中午，陆纳留谢安吃饭，饭桌上只摆着两杯清茶，几碟蔬果。看到叔父待客这么寒酸，陆俶就让人把自己预备的酒席端了出来。鸡鸭鱼肉、山珍海味，应有尽有。陆纳看了非常恼火，但是碍于客人在场，就没有当场发作。

谢安走后，陆纳终于压抑不住怒气，大声斥责陆俶："你这小子，不给我脸上增光也就罢了，反倒往我脸上抹灰。你这样做，我一世清名，不都让你败坏了？"说完，命人打了侄子四十大板，狠狠地教训了他一顿。

——出自《晋书·陆纳传》

40. 吴隐之卖狗嫁女

东晋时，有个叫吴隐之的官员，幼年丧父，跟着母亲艰难度日，从小就养成了勤俭朴素的好习惯。

有一年，吴隐之的女儿要出嫁。那时，他正在大将军谢石帐下做主簿（bù）。谢石知道吴隐之家中贫穷，就想到时候派人去吴家帮忙操办婚事。

出嫁当天，谢石的管家带着厨子和贺礼赶到吴隐之家。只见吴

家门外冷冷清清，家里悄无声息，一点儿也没有办喜事的样子。正当一行人疑惑不解的时候，从家中出来一个丫鬟，手里牵着一条狗。

管家近前问道："姑娘，今天可是吴大人的千金出嫁？"

丫鬟回答："是啊。"

"那为何不张灯结彩、贴上喜字呢？"管家又问。

丫鬟解释说："我家老爷一向俭朴，他认为简简单单出嫁最好，就没怎么布置。再说，家里也没钱来置办这些。这不，老爷让我去把狗卖掉，换了钱，给小姐买点嫁妆呢。"

听完丫鬟的话，管家感叹不已。当他说明来意后，丫鬟劝他："你们还是回去吧，我家老爷是不会接受你们帮衬的。"果然如丫鬟所言，吴隐之谢绝了他们的好意。

回去后，管家把这件事禀告给谢石。谢石对吴隐之的为人更加佩服了。

——出自《晋书·吴隐之传》

41. 齐桓公访贤

从前，齐国有个叫稷（jì）的平民，很有才能。齐桓公听说后就去拜访他，希望他能为国家效力。可是一连去了三次，稷都避而不见。

随从有点看不下去了，对齐桓公说："您作为一国之君，能屈尊去见一个平民，已经是他三生有幸了，更何况您还去了三次！他这样不识抬举，您就没必要理会他了。"

齐桓公摆摆手说："像稷这样的士人，不把高官厚禄放在眼里，

一般不会接受君王的任用。但我跟其他君王不一样，我想要称霸天下，就要有更宽广的胸怀，所以我要坚持请稷辅佐我。"桓公继续去拜访稷，一直到第五次，稷终于被桓公的执着精神打动了，答应辅佐他治理国家。

其他国家的人听说这件事后，都感慨地说："齐桓公不愧是一位贤明的君主啊！他对普通士人都这样以礼相待，更何况是对别国的君主呢？"

从此以后，别国的君主都主动来拜访齐桓公，很多有才能的人也纷纷来投奔齐国。在齐桓公的治理下，齐国日渐强大，终于称霸天下。

——出自《新序·杂事第五》

42. 季札三辞君位

春秋时期，吴国国君寿梦有四个儿子：大儿子诸樊，二儿子余祭，三儿子余昧，小儿子季札。季札虽小，但很有才能，所以寿梦很想让他来继承君位。季札坚决不同意父亲的决定，他劝父亲说："从古到今，长幼尊卑有序。按照礼制，君位都是传给大儿子的。我前面还有三个哥哥，怎么能由我来继承君位呢？还是请父亲改变主意吧。"寿梦觉得季札说得有道理，也为季札的谦让感到欣慰，于是决定把君位传给大儿子诸樊。

寿梦死后，诸樊（fán）继承了君位。他为父亲守孝结束后，想到弟弟季札的才能比自己高，便要把君位让给季札。季札推辞说："我听说，曹国国君十分昏庸，百姓们想推举贤能的子臧（zāng）做国君，但子臧拒绝了，人们都称赞他能遵守节义。我虽然没什么才能，但是也想向子臧学习，所以请您不要把君位让给我。"诸樊见季札态度坚决，也就没有再勉强弟弟。

诸樊心想，自己死后把君位传给二弟，二弟再传给三弟，最后总可以让季札继承君位，这样就能实现父亲的遗愿了。后来，诸樊死的时候留下遗命，把君位传给二弟余祭。余祭死后，余昧成了国君。余昧死时，遗命要把君位传给季札，可是季札仍然不接受。

季札敬兄礼让的品行，赢得了吴国上下的尊重。后来他被封在延陵，人们都尊称他为"延陵季子"。

——出自《史记·吴太伯世家》

43. 子路百里扛米

子路，春秋时期鲁国人，孔子弟子之一。他小的时候家里很穷，经常靠吃野菜来填饱肚子。有一次，父母想吃米饭，可是家里没有钱买米，而且只有百里之外的镇上才有米卖。为了满足父母的愿望，子路每天都抽时间，去一家铁匠铺干杂活。虽然很辛苦，但想到父母吃到米饭时的笑容，一切疲惫都烟消云散了。

一个月后，子路赚的钱差不多够买米了。他翻过好几座山，走了近一百里路，终于到了镇上，买了一袋米。回到家后，他不顾辛劳，赶忙蒸上米饭。父母干活回来，看到子路为他们准备的米饭，

十分高兴。他们吃着热气腾腾的米饭，开心地笑了。

从此以后，子路每个月都翻山越岭去镇上买米。夏天天气炎热，汗水湿透了他的衣服；冬天雨雪交加，寒风像刀子一样，"割"得脸上生疼，但他依然坚持这样做。邻居们都夸奖子路孝顺。子路跟随孔子学习的时候，隔一段时间就会请假回家。孔子便问他："你父母生病了吗？"子路回答说："不是的，老师。我父母喜欢吃米饭，我想让他们每个月都能吃到米饭，这样他们就会很高兴。"孔子听了，连声称赞子路。

——出自《孔子家语·致思》

44. 闵子骞孝母

闵子骞（qiān），春秋时期鲁国人，孔子弟子之一。他小的时候，生母就去世了，父亲又娶了后妻。子骞的继母本来对他就不好，等生下了两个孩子后，对他更加冷漠。冬天到了，继母给亲生儿子做衣服絮的是丝绵，又厚又暖和；而给子骞的衣服絮的却是芦花，一点儿也不保暖。不过，不管受什么样的委屈，子骞从没有向父亲抱怨过。

　　有一天，父亲让子骞驾车出门。子骞穿着单薄的芦花衣，手里抓着缰绳，坐在车子前面。寒风刺骨，冻得子骞瑟瑟发抖。走了没多远，他的小手就冻僵了，一不小心，绳子从手里滑了下去。父亲看到后怒骂道："你两个弟弟驾车都不会这样，你这么大了还驾不好车，真没用！"说着就拿鞭子在子骞背上狠狠地抽了一下，结果把他的外衣给抽破了。刹那间，芦花从破开的洞里飞了出来。看到这种情景，父亲顿时明白了真相。

　　回到家后，父亲立刻写了一封休书，要赶走后妻。这时，子骞跑到父亲跟前，跪下哭着说："母亲在的话，只有我一个人受冻；要是赶走母亲，两个弟弟都会受冻。请您留下母亲吧！"

　　听了子骞的话，父亲又看了看另外两个孩子，叹了口气，就把休书收了回来。继母看到子骞为自己求情，心里既愧疚又感动。从此，她对待子骞就像对待自己的亲生孩子一样。

——出自《艺文类聚·孝》

45. 秦始皇拜荆条

秦始皇嬴（yíng）政是中国历史上第一位皇帝，因为人们痛恨他的暴政，所以，关于他尊敬老师的故事很少被提及。

一天，秦始皇在群臣的护卫下外出巡视，队伍浩浩荡荡地从碣石向仙岛前进。到了岛上，秦始皇面对着浩瀚无边的大海，心胸顿

觉开阔，不禁长长地舒了一口气。就在这时，他看见了一片荆条，突然就跪拜起来。群臣一个个都感到莫名其妙，但也只得跟着跪拜。等到皇上起身后，大臣李斯询问了其中的缘由。

秦始皇凝视着荆条对群臣说："我突然想到了我的老师。当年，老师就是用这荆条，不断激励我读书上进的。现在也不知道老师在哪儿，看到这荆条，就像看到了我的老师一样，所以我拜的是我的老师啊。"

原来，嬴政跟随老师读书的时候，老师对他很严厉，只要他犯错，或者学习松懈，老师就会用荆条责罚他。

第一次上课时，老师教他写"嬴"字，要求他多加练习，第二天要能默写出来。嬴政为难地说："这么难写的字，怎么可能第二天就会写呢？"老师听了，生气地训斥他："一个'嬴'字都写不好，将来你怎么治理国家？"说着，拿起身边的荆条就抽打嬴政。

从此，嬴政不忘老师的教诲，严格要求自己，刻苦读书，励精图治，终于成为具有杰出成就的皇帝。

——改编自民间故事

46. 张良受书

张良是战国末期韩国人，韩国被秦国灭亡后，张良立志报仇。他曾经收买一个大力士刺杀秦始皇，但是最终失败了，被迫逃到下邳（pī）。

有一天，他正在下邳桥上散步，碰见了一位老人。老人从张良身边走过时，故意把自己的鞋子踢到桥下，然后冲着张良说："小子，去把鞋子给我拾上来！"

张良听了，先是一愣，但看到对方是位老人，只好忍着怒气，把鞋子拾了上来。正要把鞋子递给老人，没想到老人又命令道："把鞋给我穿上！"张良真想把鞋子扔掉，但他最终还是压住了怒火，跪在地上给老人穿上鞋子。穿好后，老人捋着胡须，笑嘻嘻地走了。

走了一段路，老人突然又返回来，对张良说："孺（rú）子可教也！五天后的早上，你来这里见我！"张良觉得这位老人很不一般，便连忙答应："是！"

第五天早上，张良赶到桥上，没想到老人已经在那儿等着了。老人见了张良，训斥道："小子，你不懂礼节吗？跟长者约定，你也敢迟到？五天后早些来见我！"说完就气呼呼地走了。

又过了五天，张良一听到鸡叫，就急忙赶去赴约，可是老人又

在那里等着了。看到张良，老人又生气地说："你怎么又来晚了？五天后再早点来！"说完，头也不回地走了。

五天后，张良半夜就到桥上等着了。过了许久，那位老人才来。老人看见张良这次来得这么早，满意地点点头说："孩子，这样做就对了！"然后拿出一本书交给张良，说："你要认真研读这本书，它会帮助你成就一番事业的。"说完老人就走了。天亮时，张良打开那本书，竟然是《太公兵法》！

从此，张良常常用功钻研此书，终于成为一个足智多谋的人。后来，他做了汉高祖刘邦的军师，为汉朝建立了丰功伟绩，被封为"留侯"。

——出自《史记·留侯世家》

47. 汉文帝亲尝汤药

汉文帝刘恒是历史上有名的大孝子。他为人宽厚平和，侍奉母亲薄太后从没有一丝懈怠。

有一次，薄（bó）太后得了重病，这可把文帝急坏了。他赶紧召集御医为母亲诊治，自己更是时常在床前侍奉。在母亲生病的三年里，他白天一有空就去陪母亲说话解闷，让母亲不要胡思乱想，只管安心养病；晚上总是等母亲睡下了，自己才趴在床边睡一会儿。母亲心疼他，劝他回去休息，文帝说："只有看到母亲睡得安稳，我

才放心，早回去反而睡不着。"母亲没办法，只好同意了。

母亲生病期间，文帝亲自为母亲煎汤熬药，一天三次，从不间断。每次煎完药，文帝总是先亲自尝尝，试试药烫不烫，苦不苦，觉得可以喝了，再端给母亲。

汉文帝的孝行在朝野上下广为流传，人们都称赞他不仅是位仁慈的君主，还是个孝顺的儿子。

——出自《艺文类聚·孝》

48. 缇萦救父

淳（chún）于意是西汉时期的医官。他医术精湛，却因被坏人诬陷而入狱。按照当时的法律规定，他要被押送到京城长安，接受酷刑。

淳于意没有儿子，只有五个女儿。去长安前，女儿们都抱头痛哭，不知所措。淳于意看到这样的情形，感慨地说："生女真不如生男啊！遇到危难，也没有能派上用场的！"

听到父亲悲伤的感叹，十五岁的小女儿缇萦（tí yíng），决定跟

随父亲进京。在漫长的两千多里的路途中，缇萦披星戴月，风餐露宿，艰苦备尝，但是却把父亲照顾得非常周到。

到了长安，父亲被关进监狱，即将处以酷刑。缇萦内心很焦急，顾不上害怕，便向汉文帝上书说："我父亲在齐地做官，人们都称赞他清廉。可现在他要被处以酷刑，作为女儿，我实在不忍心。如果人被处以酷刑，死者不能复生，残者不能健全，即使再想改过自新，也没有办法了。我愿意入官做奴婢（bì），替父亲接受处罚。请您给我父亲一次改过自新的机会吧！"

汉文帝看后，被缇萦的孝心打动了，便下令释放她的父亲，并随之废除了残酷的肉刑。

——出自《史记·扁鹊仓公列传》

49. 云敞哭师

　　云敞（cháng）是西汉平陵人，早年拜同县的大儒吴章为师。汉平帝即位初年，王莽专政，横征暴敛，滥杀无辜，哀鸿遍野。王莽的儿子王宇和吴章等许多有识之士，对此早有不满。

　　一天晚上，王宇、吴章派人将一桶鲜血偷偷地泼在王莽的宅门上，希望利用鬼神之事来恐吓王莽，使他迷途知返。王莽发现这事后，竟然残忍地杀害了王宇、吴章等一百多人，同时下令，吴章的弟子一律不准做官。吴章的尸体被抛在长安城东市，无人敢去收殓（liàn）。

在这样的政治高压下，吴章的上千名弟子，没有一个人敢站出来说话。有的人投身其他师门，唯恐避之不及；有的人甚至公开声称自己不是吴章的学生。

看到这种情形，云敞悲愤不已，决心拼死也要报答老师的恩情。他一路哭着赶到老师的遗体面前，肝肠欲断，悲不自胜，大声呼喊着："老师啊，您的弟子云敞来了！弟子云敞来了！就算所有人都抛弃了您，学生我也会尽弟子的责任！我云敞永远是您的学生，您不会孤独的！"云敞流着泪把老师的遗体收拾好，按照师礼埋葬了。

——出自《汉书·云敞传》

50. 楼护奉养吕公

汉代有个叫楼护的人，非常重情义。他的老朋友吕公和妻子没有儿女，晚年时无人为他们养老。楼护就把他们接回家，每天陪他们吃饭，照顾生活起居，从来没有怠慢过。

楼护在朝廷做官时，每月有俸禄，生活比较宽裕，妻儿并不反对吕公夫妇住在家里。后来，楼护被罢官免职，没了俸禄，妻儿就想把吕公夫妇赶出去，常常对他们冷嘲热讽。吕公不想惹楼护家人厌恶，就向楼护辞行，要带着妻子搬回自己家。

　　楼护坚决挽留吕公夫妇，再三追问，才知道事情的缘由。他既对老友感到愧疚，又对妻儿的做法感到痛心。他流着泪对妻儿说："吕公家境贫寒，没有儿女养老，且不说他是我的朋友，就算是陌生人，我们也应该帮一把。你们怎么能这么做呢?"妻儿听后感到非常羞愧。

　　批评完妻儿，楼护又拉着吕公的手道歉："真是对不起! 我们是朋友，应该相互照顾，请你们留下来。我保证，以后不会再有人为难你们!"

　　听到这，吕公夫妇便不再坚持离开。从此，楼护一直奉养吕公夫妇，直到他们去世。

——出自《汉书·楼护传》

51. 两国让田

古时候，有两个相邻的诸侯国——虞国和芮（ruì）国。两个国家为了争夺边界的田地，打了很多年官司，但一直也没有结果。

一天，虞国国君说："我听说西伯侯是个仁君，不如让他给我们作个决断吧。"芮国国君觉得有道理，两人便一同前往。

来到西伯侯的领地，他们看到：田野间，土地平坦宽阔，水沟纵横交错，地界被人们相互让出，劳动之余，大家聚在田埂上说笑、休息；城市里，道路分成两行，右边行走的是男人，左边行走的是

女人，一切井然有序；遇到老人手里提重物，年轻人总是主动接过来，帮老人拿着；朝堂上，士互相谦让，推荐别人做大夫，大夫互相谦让，举荐别人做卿，德才兼备的人被推举出来，人与人之间诚恳相待，关系融洽。

两国的国君感慨地说："与这里的人们相比，我们真是小人啊，简直没有脸面进入这样的君子之国！"回去后，虞、芮两国纷纷让出交界处的田地，开始友好相处。

——出自《孔子家语·好生》

52. 颜回食污米

　　孔子经常带着学生到各国去游学。有一次，他们被困在了陈国和蔡国之间，没有饭吃，已经饿了好几天了，学生们都很着急。子贡费了很大的功夫才买回一些米，交给颜回和仲由去做。

　　颜回在一间破屋的墙下做饭。饭刚做熟，忽然，有片灰尘落进米饭里。颜回犹豫了一下，就抓起粘了灰尘的米饭，塞进嘴里，吞了下去。

　　这一幕恰好被子贡看见了。子贡非常生气，心想："我千辛万苦弄回来的米，老师都还没吃呢，你颜回竟然敢偷吃！"于是，他便气呼呼地跑去告诉了孔子。

　　孔子听完，微微皱起眉头，对子贡说："颜回是大家公认的君子。他绝不会偷吃米饭，我很相信他。"

　　孔子把颜回叫到身边，对他说："前两天我梦见了先人，大概是先人要保佑我。你去把做好的饭端进来，我要先祭奠先人。"

　　颜回向老师作揖行礼，愧疚地说："老师，对不起！刚才有灰尘落进了米饭里。我觉得丢掉太可惜，就把它吃了。所以，老师，您不能用这饭来祭奠先人了。"

　　孔子点点头说："原来是这样啊！那你把饭端进来吧。"

　　颜回出去后，孔子对学生们说："你们看，颜回是个品行端正的人吧，我从来都是相信他的。"大家都点头称是。从此，大家也更加信赖颜回了。

——出自《孔子家语·在厄》

53. 管鲍之交

有一天，鲍叔牙向齐桓公推荐管仲："管仲是个才华出众的人，如果您能任用他，一定会让我们齐国强大起来的！"

桓公一听管仲的名字，眉头皱了起来："是不是那个曾经用箭射我的人？"

鲍叔牙回答："是他！"

原来，齐襄公去世后，公子纠和公子小白为国君之位展开争夺。当时，管仲和鲍叔牙都在齐国做官，二人虽然是好朋友，却各为其主。管仲追随公子纠，鲍叔牙追随公子小白。有一次，管仲拉弓射向公子小白，箭正好射在了公子小白的衣钩上。公子小白逃过一劫，因此非常记恨管仲。

后来，公子小白赢了，成为齐国国君，也就是齐桓公。公子纠失败被杀，管仲也被抓了起来。

此刻，桓公听到管仲的名字，恨恨地说："我要杀他还来不及，怎么可能重用他！"

鲍叔牙赶紧替管仲解释："管仲以前确实射伤了您，那是因为他忠于自己的主人。您是一位贤君，如果能任用这样的人，将来一定会成就一番霸业！"

　　齐桓公想了想，认为鲍叔牙说得很有道理，就赦免并任用了管仲。后来桓公想任命鲍叔牙为宰相，鲍叔牙避位让贤，再次推荐了管仲。齐国有了管仲的辅助，又有东临大海的鱼盐之利，很快就强盛起来，成为"春秋五霸"之一。

　　管仲很感激鲍叔牙，多次对别人说："生我的是父母，真正了解我的，却是鲍叔牙啊！"

——出自《史记·管晏列传》

54. 高山流水

　　古代有一个叫俞伯牙的琴师，他的琴艺非常高超，却因为没有人能听懂自己的琴声，常常独自叹息。

　　一天，他到山林里弹琴。弹得正投入的时候，突然有人拍手叫好："先生，您弹得太好了！这琴声沉稳浑厚，仿佛是巍峨的高山出现在我面前啊！"

　　俞伯牙一惊："这人说得太对了！志在高山，正是我要表达的情感。"只是，他见这人手里拿着斧头，背着柴，一身樵夫的打扮，便没有理会，又弹了一曲。

那人静静地听完，又拍手叫好："先生，您这一曲也非常棒！这琴声气势盛大，就像是江河流水在我面前啊！"

俞伯牙猛地站起来，因为樵夫完全理解了琴声表达的情感，他是真正懂得自己的人！俞伯牙激动地走上前去，紧紧握住那人的手说："你就是我的知音啊！"经过询问，他才知道对方叫钟子期，一直生活在这山林里，以打柴为生。从此，他们俩成了好朋友，经常在一起切磋琴技。

没过几年，钟子期死了，俞伯牙非常悲伤。这世上唯一能听懂自己琴声的人不在了，弹琴还有什么意义呢！于是，俞伯牙狠狠地把琴摔断，从此以后再也没有弹过琴。

后来，人们就用"高山流水"来象征俞伯牙和钟子期之间的深厚友谊，用"知音"比喻能读懂对方心灵的朋友。

——出自《列子·汤问》

55. 谦让军功

春秋时期，晋国军队打了大胜仗，回来的时候，百姓们都到街上欢迎他们。晋军将领范文子的父亲士会也来迎接儿子，他仔细打量着每一位经过的军人，但是直到队伍即将走完时，范文子才出现。士会问他："孩子，你怎么走在最后呢？难道你不知道我在急切地盼望着你回来吗？"

范文子看见父亲，急忙下跪行礼，然后带着歉意说："父亲，对不起！我知道您在等我回来，我也十分想念您。军队取得了胜利，

大家都来欢迎庆贺，我作为军队的一员将领，如果走在前面，一定会引起大家的注意，这样就抢了主帅的荣耀，所以我不敢走在前面。"士会听了儿子的解释，赞许地点点头，说道："看来你已经懂得了谦恭礼让的道理。"

晋景公决定犒赏三军，先召见了军队的主帅郤克。景公对他说："国家这次能取得胜利，都是你这位主帅的功劳啊！"

郤克说："这都仰仗国君您对我们臣子的教诲，也是将士们齐心作战的结果，我哪有什么功劳呢？"

景公又召见范文子，用同样的话慰劳他。范文子说："这次的胜利，得力于主帅统军有方，将士们奋勇杀敌，我哪有什么功劳呢？"

景公见主帅和将士们都相互谦让功劳，非常欣慰，重重奖赏了参战的将士们。也正因为将领们谦敬礼让、友好相处，晋国的军队才变得更加强大。

——出自《左传·成公二年》

56. 赐酒吃马

有一年，晋国攻打秦国，秦穆公被晋军包围了，情况非常危急。就在这时，突然有三百多农民赶来，拼尽全力突围，把穆公救了出去。之后，秦军重整旗鼓，集合所有兵力，趁晋军防守松懈，出其不意，发动猛烈反攻，最终大获全胜，还活捉了晋国的国君晋惠公。

穆公要赏赐那些救了自己的农民。农民们推辞说："我们今天拼死作战，是报答您当年赐酒的恩情！我们不能再接受您的赏赐。"

原来，三年前穆公去岐山游玩，不小心让骏马跑丢了。那可是

自己最心爱的坐骑啊，而且这匹马多次陪自己驰骋疆场，出生入死。于是他急忙命人四处寻找。

穆公走进一个村子，发现一伙农民正聚在一起吃东西，听到有人边吃边说："这马肉可真香！"他顿时有种不祥的预感。走近一看，地上果然散落着自己的马鞍，穆公不禁怒从心生。

农民们得知，自己吃的是国君的马，顿时吓得惊慌失措，纷纷跪地求饶。

穆公很想杀了这些人，但转念一想："马毕竟是畜生，不能为了它而杀人啊！"于是，他很快平复了心情，不仅没有杀这些农民，反而笑着说："我听说，只吃马肉而不喝酒，会伤身体的。"然后命人赐给他们酒喝。农民们十分感动，心想：有机会一定要报答穆公。

听到这儿，穆公恍然大悟。没想到自己当年的善心，竟获得了这么大的回报。

——出自《说苑·复恩》

57. 断缨尽欢

　　楚庄王是"春秋五霸"之一，也是位有名的贤君。

　　有一天，楚庄王在宫里设宴招待文武大臣，天黑的时候，群臣喝得都有些醉意了。突然，来了一阵风，把大殿上的灯火吹灭了，四周立刻变得漆黑一片，大家都乱了起来。

　　这时，王后感觉有人拉扯自己的衣服，便用力抓向那个人，虽然没抓住，却把那人的帽缨（yīng）扯了下来。王后悄悄对楚庄王说："陛下，刚刚有人对我无礼，我把他的帽缨扯下来了。您快让人点灯，把那个人找出来！"

　　楚庄王想了想，对群臣说："今天我与大家把酒言欢，就不要拘泥于君臣礼节了，都把帽缨扯下来！谁的帽缨还在，

我就治他的罪！"听到国君的命令，群臣都把帽缨扯下。仆人把灯重新点着，楚庄王和大臣们又热热闹闹地喝了起来。

王后很不高兴，向庄王抱怨："那个臣子太无礼了，您为什么要袒护他呢？"庄王说："他只是喝醉了，并不是故意冒犯你。如果把他找出来，他一定会被处死，没必要因为这点小事，就让他丢了性命。"

后来，吴国攻打楚国，楚国发兵抵抗。楚军里有个将军，每次作战都冲在最前面，连续五次得了头功。楚庄王既高兴又奇怪，问他："我不曾对你有特别的恩惠，你为什么对我如此忠心呢？"

将军跪下回答："陛下，我就是那个醉酒失礼、被王后扯掉帽缨的人。"

——出自《韩诗外传》

58. 左伯桃舍生为友

　　春秋时期，楚国为了称霸诸侯，竭力招贤纳士。左伯桃和羊角哀是好朋友，听到这个消息，就相约一起去投奔楚国。

　　去楚国的路途很遥远，两人走到一片大荒原时，遇上了暴风雪。他们寸步难行，带的干粮也快吃完了，更糟糕的是，左伯桃病倒了，羊角哀只好扶着他赶路。他们又饿又冷，在荒原里艰难地走了两天，左伯桃的病越来越重，羊角哀也累得精疲力尽。两人找了个枯树洞，暂时躲避风雪。

　　左伯桃望着铺天盖地的大雪，喘着粗气说："羊角哀，再这样下去，咱俩不是饿死就是冻死，不如你先走吧。"羊角哀拒绝说："不行，我

绝不会丢下你！就是背，我也要把你背到楚国。"

左伯桃感动得热泪盈眶，继续劝羊角哀："你的心意我明白！但我是肯定赶不到楚国了。咱们不能都死在这里，总得有人去实现我们的梦想吧。你是能干大事业的人，一定能替我完成心愿！"

两人你推我让，都想把活下来的机会留给对方。最后，还是左伯桃说服了羊角哀。

羊角哀见到楚元王，向他说了左伯桃的事。楚元王命羊角哀马上带人返回去接左伯桃。不幸的是，左伯桃已经冻死了。羊角哀伤心欲绝，抱着朋友的遗体哭得死去活来，久久不肯离去。后来，楚元王重用了羊角哀，也给了左伯桃的家人丰厚的赏赐。

——出自《喻世明言·羊角哀舍命全交》

59. 孙叔敖埋蛇

　　孙叔敖小的时候，有一天在外面玩耍，突然看见一条双头蛇，吓得转身就跑。刚跑了几步，小叔敖就停了下来，捡起一块石头，颤抖着走过云把那条蛇砸死了，并把它埋了起来，然后飞快地往家跑。

　　一回到家，小叔敖就扑进母亲的怀里，悲伤地大哭："娘，我就要死了！我刚刚看见了一条双头蛇。"原来，当地流传着一种说法：双头蛇是邪恶的动物，看见它的人就会死。

母亲本来不知道儿子为什么哭，很担心，这时便放下心来，捧着儿子的小脸问："孩子，不要哭，告诉娘，那条蛇现在在哪里？"小叔敖抽泣着回答："我担心它再害别人，就把它砸死埋起来了。"

母亲温柔地帮儿子擦掉眼泪，赞赏地说："好孩子，你这是做好事啊！不要害怕，娘听说，默默地为别人做好事的人，上天是会回报他的，所以你不会死的！"

善良的小叔敖听完母亲的话，便止住眼泪，开心地笑了。

——出自《新序·杂事第一》

60. 惠王食蚂蝗

有一天，楚惠王在王宫里宴请大臣。吃饭时，惠王夹起一些凉齑（jí）菜，刚要放进嘴里，突然发现菜上有一只蚂蝗。他犹豫了一下，还是把蚂蝗和菜一起吃了下去。过了一会儿，惠王就觉着肚子疼得厉害，捂着肚子叫痛。

令尹大人一边让人去找大夫，一边赶紧上前询问："陛下，您怎么会突然肚子疼呢？"惠王悄悄地把刚才的事情告诉了令尹。令尹大吃一惊，问道："那您为什么要吃下去呢？"

惠王解释说："如果我告诉你们，按照规定，厨师和检查食物的人就要被处死；如果把蚂蝗放在一边不吃，被旁边的人看到了，厨师他们还是难逃罪责。因为一条虫子而杀

人，我心中不忍，于是就把它吃下去了。"

令尹听了这番话，感动地说："您真是一位仁慈的君主！您的美德一定会得到上天的保佑。"

当晚，惠王忍着疼痛去解大便，把蚂蟥给排泄出来了。第二天一起床，惠王发现肚子一点儿都不痛了。更令人惊奇的是，惠王多年心腹积血的老毛病也好了。

这件事情很快就传遍了全国，人们纷纷称赞惠王有仁爱之心，从此更加拥戴他了。

——出自《新序·杂事第四》

61. 完璧归赵

有一年，赵国得到了一块和氏璧，非常珍贵。秦王给赵王写信，说想用十五座城交换这块玉璧。赵王委派蔺（lìn）相如作为使者，带着和氏璧去见秦王。

没想到秦王把玉璧拿到手后，却只字不提那十五座城的事。

蔺相如见秦王不愿将十五座城交给赵王，就假意说和氏璧有瑕疵，要给秦王指出来。蔺相如将玉璧拿到手后，退到大殿的立柱旁，愤怒地瞪着秦王，头发都竖起来了，大声说："看样子，大王并不打算给我们赵国城池，所以我也不想把玉璧给大王。您要是把我逼急了，我就立刻把玉璧撞碎，然后自己也撞死在这儿！"说完，他手举玉璧，眼盯立柱，摆出一副马上就要撞上去的架势。

秦王一下子慌了神，急忙向蔺相如道歉，并承诺一定会按约定送给赵国十五座城。蔺相如心想："秦王肯定还是在耍鬼把戏，我可不能再上当了！"于是蔺相如严肃地说："这玉是宝物。我们大王事先斋戒了五天，才让我送过来。所以等您也斋戒五天之后，我才能把玉交给您。"秦王没办法，只好同意了。

当天，暮色降临时，蔺相如让随从乔装打扮后带着玉璧，偷偷从小道返回赵国。

五天后，秦王派人去请蔺相如交出和氏璧。蔺相如见到秦王后，坦然地说："我实在是怕您再欺骗我，所以已经派人将玉璧送回去了。只要您先把十五座城割让给赵国，我们一定会献上玉璧。我知道欺骗大王会受到惩罚，但是哪怕现在就把我杀了，我也坚持这样做！"秦王和群臣听到这番话，一片哗然。有人建议杀了蔺相如，但是秦王认为，即使杀了他也得不到和氏璧，还会破坏与赵国的关系，于是就派人将蔺相如送回赵国。

凭借超凡的智慧和勇气，蔺相如不但保全了和氏璧，而且维护了赵国的尊严。

——出自《史记·廉颇蔺相如列传》

62. 荆轲刺秦王

战国时期，燕国有个勇士叫荆轲。当时，秦国要侵犯燕国，燕国太子丹就请求荆轲前去刺杀秦王。荆轲出发，太子丹在易水送别。之后，荆轲就披着萧萧秋风，毅然前往秦国。

秦王听说荆轲带着燕国地图来投降，便在官中召见他。

荆轲从容不迫地走到秦王身边，慢慢打开地图。秦王贪婪的视线随着地图的展开慢慢移动。忽然，一把匕首露了出来。在秦王愣住的瞬间，荆轲左手抓住秦王的衣袖，右手迅速用匕首刺向秦王。

秦王非常惊慌地跳了起来，他使劲向后转身，把那只袖子挣断，并想要拔剑杀了荆轲。但他又急又怕，剑怎么也拔不出来，只好跑到大殿中央，围着柱子躲避，荆轲一直紧追不舍。情急之下，秦王的医官把装药的袋子砸向荆轲。荆轲抬手去挡，于是就分散了注意力。

正在荆轲分神时，秦王终于拔出宝剑，砍伤了荆轲的左腿。荆轲在受伤倒地的同时，把匕首投向秦王。秦王急忙往旁边一闪，匕首打在后面的柱子上，"嘣"的一声，直进火星儿。秦王见荆轲手中没了兵器，冲过去砍了他几剑。荆轲靠着柱子，满身鲜血，但仍然不肯倒下。这时，秦王的侍卫赶到，斩杀了荆轲。

虽然荆轲刺秦王失败了，但是他那种"壮士一去不复返"的精神，一直被后世文人吟咏歌唱。

——出自《史记·刺客列传》

63. 周昌直谏

　　周昌是西汉初期的一位大臣，性格刚毅坚韧，敢于直言进谏。

　　有一次，刘邦想废掉吕后的儿子，改立戚夫人的儿子为太子。消息一经传出，大臣们纷纷进谏，反对最坚决的便是周昌。汉高祖见大臣们都不支持自己，就气愤地说："这件事就先这样吧！我考虑一下再说。现在谁也不要再提了！"

　　没想到，周昌又站出来，要和皇帝争辩。同僚见状，赶紧向他使眼色，但他仍不退缩。周昌本来就有口吃的毛病，现在一生气，更加严重了。

他面色红涨，激动地说："陛下，废太子是大事。我嘴笨，但我知……知……知道这样做不妥！"

汉高祖本来在气头上，但被周昌口吃的样子逗乐了，就故意说道："我倒是想听你说一下反对的理由。不然，就不用商量了！"

周昌一听，更急了，一把摘下帽子，上前争辩道："陛……陛……陛下，我也说不好什么道理，只是这件事我坚决反对！"高祖听完哈哈大笑起来，也就不再坚持废太子的事。

后来，吕后见到周昌，就跪下来感激地说："要不是您，太子就被废掉了！"从此，吕后、太子及其他大臣对周昌更加敬重了。

——出自《汉书·周昌传》

64. 渭桥惊驾

张释之是西汉时掌管刑罚的廷尉。他执法公正，很受百姓拥戴。

有一次，汉文帝刘恒外出游玩。车马行经渭桥时，一个人突然从桥下跑出来，惊了文帝的马。文帝十分生气，命张释之捉拿此人，严加惩处。

抓住那人后，张释之立刻审问。那人老实地回答道："我是外乡人，途经此地，听说皇上要来，就赶紧躲到桥下。过了一会儿，我以为皇上走了，没想到，一出来就撞见皇上的车马，只得转身就跑。"

张释之思索了一会儿，当众宣判："你冒犯皇上的车驾，按律应该罚款。你交完钱就走吧！"张释之把审判的结果上报给文帝。文帝生气地

说："那小子胆敢冲撞我的马！幸亏这匹宝马性格温顺，不然肯定会伤到我，你怎么能只判他罚款呢？"

张释之没有惊慌，恭敬地回答道："陛下，法律面前，人人平等。我身为廷尉，理应公正执法。如果非要重罚，何谈法律的公平？您也会失信于民。"

文帝沉默了一会儿，点点头说："你的判决是对的！"

——出自《史记·张释之冯唐列传》

65. 宋弘抗旨拒婚

东汉时有个将军叫宋弘，他为人正直，品行高尚，深得汉光武帝刘秀的赏识。

湖阳公主是光武帝的姐姐，长得肤白貌美，婀娜多姿。有一年，公主的丈夫去世了，光武帝想给姐姐做媒，就问她是否有意中人。没想到，公主看上了宋弘。

光武帝有些为难地说："姐姐，宋将军已有家室，夫妻感情深厚，恐怕他不会答应。"

公主不以为然地说："我是金枝玉叶，娶了我，他必然会飞黄腾达。这样的好事，他会拒绝吗？再说，他敢拒绝吗？"于是，光武帝答应试一试。

第二天，光武帝把宋弘召进宫来，并让姐姐躲到屏风后暗中观察。光武帝笑着对宋弘讲："俗话说，人如果富贵了，就会抛妻弃友。你觉得这是人之常情吗？"

宋弘回答道："陛下，臣听说的是，人不忘记贫穷时的朋友，不抛弃共患难的妻子。这才是人之常情。"

光武帝皱了皱眉头，不甘心地问："那如果我下旨，让你迎娶公主，你也不遵从旨意吗？"

　　宋弘双膝跪地，态度坚决地说："陛下，当年臣身受重伤，全凭妻子悉心照料，才得以康复。如今要臣抛弃糟糠（zāo kāng）之妻，迎娶公主，臣宁死也不能答应！"光武帝只好回头对屏风后的姐姐说："这事是办不成了。"

——出自《后汉书·宋弘传》

66. 强项令

东汉时，董宣在洛阳做县令。他为人刚正，处事果敢。

有一次，湖阳公主的家奴杀了人，公主就把家奴窝藏在家里，这样董宣就抓不到他了。有一天，公主带着车队外出，车队中就有那个杀了人的家奴。董宣得到消息后，带着手下，从公主的车队里，揪出杀人犯，就地正法。公主非常愤怒，就向弟弟光武帝告状。光武帝听后也很生气，下令把董宣抓来问罪。

董宣跪在宫殿里，挺直脖子就是不认错。皇帝一气之下要处死他。

　　董宣瞪大双眼说："陛下，您身为皇帝却纵容家奴犯法，以后百姓还怎么信服您！我是秉公执法，没有犯错！您如果非要杀我，我宁愿自杀！"说完，便一头撞到柱子上，顿时头破血流。皇帝见董宣如此倔强，只好说："算了！你给公主道个歉吧！"

　　太监架起董宣，晃晃悠悠地向公主走去。董宣挣开太监的手，就是不肯道歉。

　　太监强行让他跪下，并使劲往下摁他的脑袋，强迫他低下头。董宣咬着牙根，双手撑地，脖子上的青筋都突了起来，却始终不肯低头认错。皇帝最终被董宣的耿直折服，于是赦免了他。从此董宣就被称为"强项令"。

——出自《后汉书·酷吏列传》

67. 苏章会友

苏章是东汉时期的冀州刺史，为人刚正，从不徇私舞弊。

一次，苏章去下辖的清河郡巡查。太守见到苏章后十分惊讶，来人竟是自己多年的挚友，于是当晚大摆宴席，盛情款待苏章。

席间，太守兴致很高，频频给苏章倒酒，并感慨地说："唉，做个地方官不容易啊，得随时提防上面的检查。不过，有你这个保护伞，我就什么也不怕了。来，再敬你一杯！"

喝下几杯酒之后，苏章严肃地对太守说："今日，我苏章与你饮酒，是私人情谊。明日，我作为冀州刺史审案，一定会公事公办！"

太守以为苏章喝醉了，也没把他的话放在心上。

第二天，苏章将太守传到公堂，把收集来的证据摆到他面前，说："清河太守，你在任期间贪赃枉法，收受贿赂，这些便是证据。你认罪吗？"

太守顿时傻了眼，指着苏章说："昨天我还好好地招待你，没想到你这么绝情！"

苏章冷静地回答："私事私了，公事公办。我身为刺史，理当公正执法，不徇私情！"

太守立马跪下，苦苦哀求："看在我们多年的情分上，你就网开一面吧！"苏章面如铁色，不为所动。

见苏章态度如此坚决，在证据面前，清河太守只好认罪。

——出自《后汉书·苏章传》

68. 李膺除恶扬善

　　李膺（yīng）是东汉时人，为官公正严明，勇于同恶势力做斗争。因为政绩显著，他被任命为司隶校尉，负责监察京城和京城周边地方的官员。

　　当时，宦官张让的弟弟张朔担任野王县县令，贪婪残暴，无法无天，甚至做出杀害孕妇这样丧尽天良的事！他听说李膺做司隶校尉后，害怕李膺会向自己问罪，就逃到京师，藏在哥哥张让家中。

　　李膺知道了张朔的暴行，非常气愤，立马带人到张让家中捉拿张朔。经过一番搜寻，终于在墙壁的夹缝中发现了张朔。李膺把张朔关入监狱，又录完口供、取

得罪证，然后就地正法，人们无不拍手称快。

张让知道弟弟被杀，十分恼怒，就把李膺告到了汉桓帝那里。桓帝把李膺召到大殿，责问他："你为什么先斩后奏?"李膺向桓帝讲述了张朔的罪行后，不卑不亢地说："陛下，《礼记》上说，官宦子弟犯了罪，国君即使宽恕他，执法官员也应该严守法律不听从。如果您非要问我的罪，那么就求您再给我五天时间，让我把坏人都消灭了，到那时，我死而无憾!"

桓帝认为李膺说得非常有道理，转头对张让说："这明明是你弟弟的错，李校尉有什么错呢!"然后就让李膺回去了。

从此，官宦子弟再也不敢为非作歹了。桓帝惊奇地问他们原因，他们都叩头流泪说："怕李校尉!"

——出自《后汉书·党锢（gù）列传》

69. 黄浮惩恶

黄浮是东汉时期东海郡的地方官，为人耿直，不畏强权。

当地有个叫徐宣的人，是大宦官徐璜（huáng）的侄子。徐宣身为县令，却残害百姓，恶贯满盈。

有一次，徐宣看上了李家的女儿，强迫她做小妾。但李家女儿誓死不从，最终被残忍地杀害了。

李家去郡府击鼓喊冤，递上诉状。黄浮看后，非常愤怒，当即下令把徐宣抓起来，等候审判。黄浮手下的人都劝他说，徐宣是有靠山的人，小心别惹上麻烦！黄浮对此不予理会。

这时，徐璜派亲信前来求情，并说："如果放徐宣一马，可得高官厚禄；否则，让你丢了官帽，而且性命不保！"黄浮不为所动，义正词严地拒绝道："徐宣是害群之马，是国家的祸患。现在我除去这个祸害，就是死也瞑目了！"

几天后，黄浮命人将徐宣带到公堂，亲自审问。徐宣骂骂咧咧地走了进来，也不下跪。黄浮严肃地说："大胆徐宣！你可知罪？"徐宣一手掐腰，一手指着黄浮，满不在乎地说："我叔叔可是皇上面前的红人！你敢动我？"

黄浮冷冷地"哼"了一声，回答道："不管是谁，只要犯法，伤害百姓，就一定要受到严惩！"说完，就按照律法定罪，判徐宣死刑。

后来，虽然黄浮因此被贬，但他敢斗强权、为民做主的精神，深受百姓们的称赞。

——出自《后汉书·宦者列传》

70. 义勇盖勋

盖勋（xūn）是东汉末年著名的将军。有一年，西部边境被羌（qiāng）族侵扰。盖勋率领士兵与羌人激战数天，伤亡惨重，自己也受了重伤。

战场上沙土飞扬，喊声震天。羌人步步逼近，把盖勋他们团团包围起来。盖勋指着旁边的一个木桩，对部下说："我死后，就把我埋在这里！"士兵们听了，士气大振，纷纷抱着必死之心，与羌人决一死战。

就在这危急时刻，羌人队伍里冲出一人，拿着兵器护住盖勋。盖勋定睛一看，竟是羌人的将领滇吾。原来，之前羌人与汉军交战，滇吾兵败被俘，在即将成为刀下鬼时，盖勋救了他一命。

滇吾对羌族士兵说："弟兄们，盖勋是个有贤德的人，况且曾对我有恩。我们如果杀了他，会对不起上天的！"说完，滇吾把马让给盖勋，叫他快走。盖勋挣扎着后退，坚决不上马。由于用力过猛，伤口又开始流血不止。滇吾见状，赶忙从随身带着的药箱中，取出绷带，给他止血。

盖勋一把推开滇吾，大声叱骂道："要杀就杀，不要浪费时间！"羌人都被盖勋的气概震住了，不知所措。这时，羌族首领下令："抓住盖勋！"羌兵一拥而上，虽然盖勋奋起反抗，但最终还是力尽被俘。

——出自《后汉书·盖勋传》

71. 申包胥借兵救楚

公元前506年，伍子胥（xū）为报父兄之仇，带领吴国军队攻打楚国，占领了楚国都城。楚昭王被迫逃到随地，使得楚国面临亡国的危险。

申包胥和大心都是楚国的大臣。大心为抵御吴国入侵，壮烈殉国。临死前，他嘱托申包胥去向秦国借兵，解救楚国。

申包胥背上干粮，毅然踏上了行程。一路上，他爬过陡峭的山峰，渡过湍急的河流，披星戴月，日夜奔波，历经七天七夜，终于来到了秦国。

见到秦哀公，申包胥长跪在地，恳求道："大王，吴国就像凶残的豺狼，不停地攻打中原各国。现在，吴军攻占了我国国都，国君落荒而逃，百姓流离失所。我特来向大王告急，望大王能出兵救我楚国。"

秦哀公没有立即答应，只是说："你先到馆舍安心休息，我会给你答复的。"申包胥焦急地乞求："此刻，我国国君正在野外受难，我哪能安心休息呢？恳请大王尽快作出决定！"

秦哀公没再理会，拂袖而去。此后，一直避而不见。

申包胥不甘心，他没回馆舍休息，而是一动不动地站在宫墙边，昼夜不停地哭泣，不吃不睡，持续了七天七夜。秦哀公终于被他的执着和诚心打动了。于是，派出步兵七万，战车一千辆，在浊水之北打败吴军，解救了楚国。

——出自《左传·定公五年》

72. 智救国君

春秋时期，晋国发兵攻打齐国，齐顷公亲自率军抵抗。后来，齐军大败，齐顷公乘着战车逃跑。晋国将军韩厥（jué）带兵穷追不舍。

到了华不注山，齐顷公的马车被树丛绊住，走不动了。眼看晋军就要追上来了，驾车的逢（páng）丑父急中生智，换穿了齐顷公的锦袍，并坐在国君的座位上；让齐顷公穿上自己的衣服，坐在驾车的座位上。

不一会儿，韩厥赶到，把身穿锦袍的逢丑父抓了起来。为了让齐顷公逃走，逢丑父故意对他说："逢丑父，我口渴了，你去给我弄点水来喝。"

齐顷公下了战车，到附近的华泉取了一瓢水。逢丑父一看，不满意地说："这水太浑浊了，怎么喝，去找点清水来！"齐顷公趁机跑到了山外，正好碰到齐国军队，被接回齐军军营。

逢丑父被韩厥当成齐顷公，带回了晋军大营。晋国主帅郤（xì）克曾经见过齐顷公，当发现被抓来的是逢丑父时，知道上当了！郤克大怒，当场要杀逢丑父。逢丑父大呼冤枉，辩解说："从古至今，还没有臣子代替国君去死的，今天我这样做了，你们怎么能杀害忠臣呢？"

　　郤克觉得他说的有道理，便对士兵们说："杀害忠臣是不吉利的。赦免他，还能鼓励那些忠君爱国的人。"于是，郤克就放掉了逢丑父。

——出自《左传·成公二年》

73. 弦高犒师

公元前 628 年，秦穆公为了向东扩张领土，派孟明视带兵偷袭郑国。

郑国有个牛贩子，叫弦高，在去周地做生意的路上，碰到了浩浩荡荡的秦国军队。他经过打听后知道，秦军走了数千里路，经过了好几个诸侯国，都没有军事行动。"他们的目的是什么呢？照这个情形，秦军再往东走，就是郑国，难道……"想到这儿，弦高吓出了一身冷汗！

身为郑国人，哪能眼睁睁地看着自己的祖国被偷袭啊！弦高左思右想，终于想出了一个主意。他先派人赶回郑国报信，通知郑国君臣做好迎战的准备；然后自己赶着牛群，匆匆赶到秦国军营。

弦高声称，自己是郑伯派来的特使。孟明视不知道他搞什么鬼，就接见了他。弦高说："我国国君听说孟明视将军带兵出征，要到我国去，特派我带来十二头牛，慰劳贵国的军队。国君还说，贵国军队在郑国境内所需的粮草，都由我国供应。"

弦高走后，孟明视和几位将军商议了一下，大家都认为：凡是偷袭，应当攻其不备；现在郑国已经知道了，肯定会有所准备，再攻打也不会成功了！于是下令撤军。

弦高凭借自己的机智和勇敢，成功地挫败了秦国的偷袭计划。

——出自《左传·僖（xī）公三十三年》

74. 苏武牧羊

公元前100年，汉武帝派遣苏武带人出使匈奴。不料，就在苏武一行即将返回时，副使张胜参与了匈奴的内部叛乱。匈奴单（chán）于大怒，要杀死汉朝使者。卫律劝谏单于说："不如招降他们，为我匈奴效力。"单于采纳了他的意见。

于是卫律召来苏武，对他说："大单于仁慈，只要你们投降匈奴，就赦免你们的死罪。"

苏武坚决不投降，他悲愤地说："我作为汉朝使者，没能完成使命，反而受辱投降，即使活着，又有什么脸面面对自己的国家？"说完，苏武拔出佩剑就要自杀。卫律赶紧阻止了他。

单于更加生气，为了逼迫苏武投降，就把他流放到荒无人烟的北海，让他放牧公羊，并说："直到公羊生下小羊，才能放他回来。"

苏武依然不屈服。匈奴不供给他粮食，他就挖掘野鼠储藏的草籽充饥；没有水，他就抓取地上的雪解渴。牧羊时，他时刻都把象征汉使身份的节杖带在身边，以致节杖上的装饰都掉光了。

单于仍不甘心，派李陵去劝降。李陵和苏武是好朋友，战败后被迫投降了匈奴。两人刚一见面，李陵还没说话，苏武就开口大骂："你身为汉人，竟然不知羞耻，背叛皇帝和亲人，我不想见到你！"李陵见状，只好羞愧地回去了。

后来，汉朝和匈奴和好，苏武被放回汉朝。此时，苏武已经是一个白发苍苍的老人了。他被匈奴扣留了十九年，却始终没有改变忠于祖国的心志！

——出自《汉书·苏武传》

75. 封狼居胥

汉武帝时期，有一员大将，名叫霍去病。他从小就志向远大。当时，匈奴经常到汉朝边境烧杀抢掠。面对这种情形，霍去病非常痛心。有一次，汉武帝想给他造一栋大房子。霍去病坚决拒绝，他激愤地说："匈奴未灭，无以为家！"

公元前119年，汉武帝派兵反击匈奴。霍去病主动请战说："我愿做先锋，出击匈奴！"

朝中有些官员不同意打仗，他们说："匈奴住在漠北，路途遥

远，粮草供应不上；再说，漠北都是沙漠，沙漠行军，最容易疲惫。这仗没法打啊！"霍去病反驳说："我的部队都是骑兵，机动灵活，沙漠作战也能适应。至于粮草，我从来都是从敌人那里夺取。"于是，汉武帝命卫青、霍去病各带兵五万，深入沙漠，寻找匈奴主力决战。

霍去病率军长途奔袭两千多里，找到匈奴左贤王部，以迅雷不及掩耳之势发动袭击，歼敌七万余人，匈奴大败。霍去病乘胜追击至狼居胥山，在那里举行了盛大的祭天仪式。他慷慨激昂地对天宣告："苍天为证，汉朝终于打败了匈奴！"

经此一战，匈奴元气大伤，再也不能侵扰汉朝。霍去病保家卫国、"封狼居胥"的功绩，载入史册，流传千古。

——出自《史记·卫将军骠骑列传》

76. 卜式献粮

西汉武帝时，由于连年征战，国库空虚，民生凋敝。为了筹集军饷，武帝号召富人捐资。

卜式家里原本很穷，后来生活改为以放牧为主，才逐渐富裕起来。一天，卜式的家里来了一些官差，他们径直走向库房，开始往外搬粮食。卜式的儿子赶忙上前阻止。这时，卜式走出屋子说："是

我让他们搬的，这是捐献给官府的。"儿子听后，十分不情愿地说："我们辛辛苦苦收获的粮食，为什么要送给官府？"

卜式训斥他说："现在国家在和匈奴打仗，正缺少军粮。没有军粮，战士们怎么保家卫国？没有国家，我们怎么生存？"

忙活了一上午，卜式家中的存粮被搬走了一半。临走前，一名官员说："东西我们带走了，明日会有人来，给你送官职任命文书。"

卜式边擦汗边说："不必送了，我不想做官，只想帮国家渡过难关。你们赶紧把粮食运回去吧，国家的事要紧。"现场的官员和邻居都非常吃惊，没想到，一个平头百姓，捐了这么多粮食和家产，居然什么官都不要。

汉武帝知道后，感动地说："捐献财产的人，有的想做官，有的想免罪。还有的人，非但不捐，竟然还隐藏家产。只有卜式，主动捐献粮食和家产，却不要官做，真是一位忠厚爱国之人呀！"

——出自《汉书·卜式传》

77. 班超投笔从戎

东汉时，有个大将军叫班超。他年轻时替人抄书，曾感叹地说："大丈夫应当驰骋疆场，为国立功，怎么能长久地和笔墨纸砚打交道呢？"周围的人都讥笑他。他不以为意，说："你们怎么会知道我的志向呢？"不久后，他就扔下笔墨，报名参军。

在作战过程中，他因为作战勇猛，被封为副将，出使西域，并

联络西域各国，来共同对付匈奴。

到了鄯（shàn）善国，鄯善国王起初对班超等人非常热情，可没过几天，态度就冷淡了。班超察觉出了这种变化，于是找来鄯善国奴仆审问，经再三逼问得知，原来，匈奴也派来了使者拉拢鄯善国，现在鄯善国王不知如何是好了。

于是班超把奴仆关押起来，然后召集跟他一起出使的三十六名随从，慷慨激昂地说："诸位兄弟，如果匈奴和鄯善国结盟，将对我们大汉非常不利。为今之计，我们只有拼死报国，杀掉匈奴使者！"

随从们义愤填膺，纷纷说："全听将军指挥！"

班超大喜，继续说："不入虎穴，焉得虎子！咱们……"说完计策后，就吩咐大家依计行事。

天一黑，班超就带人去偷袭匈奴使者的营地。他命十人拿着军鼓藏在匈奴使者屋后，约定见火擂鼓。其余人带上刀剑，埋伏在门两旁。班超顺风点火，随后，鼓声大作，冲杀声不断。匈奴使者们一片惊慌，死伤惨重。鄯善国王赶来后，见识了汉使的威武，主动和汉朝结盟。

汉明帝听说此事后，很欣赏班超的勇敢和忠心，命他继续出使西域。班超也不负厚望，和西域五十多个国家修好，为民族融合做出了巨大贡献。朝廷因此封他为定远侯。

——出自《后汉书·班超传》

78. 辛勉不忘旧国

公元 311 年，前赵皇帝刘聪攻陷洛阳。为笼络人心，他招降了部分西晋旧臣，来加强对中原地区的统治。

辛勉出身于官宦世家，博学多才，以忠孝闻名。前赵灭亡西晋不久，就封辛勉做光禄大夫。辛勉坚决不接受，并主动回家耕田。

于是，刘聪派乔度携带毒酒，前往辛勉家中。乔度一行来到辛勉的院中，见一人正在院中菜园里锄草，喝道："把你们家老爷叫出来，皇上有旨，让他速到京城做官！"只见那人不慌不忙地走进屋子，洗脸净手，穿上晋朝朝服，从容地走出屋子。乔度这才反应过来："原来你就是辛勉。当今皇上英明神武，励精图治，希望你能顺应时势，为我赵国效力。"说完，便把朝服和诏书送上。

辛勉说道："我是晋朝侍郎，怎么可以背叛祖国？烦请转告贵国皇帝，辛勉不愿为官，还是另请高明吧。"乔度见他不同意，就威胁道："皇上有令，如果不接受命令，就要喝下毒酒。识时务者为俊杰，希望你能认真考虑。"乔度心想："这下他该就范了吧。"

辛勉面不改色地说："玷污自己的气节，换取几年的苟活，我怎么可以这样做呢？如若侍奉两国君主，死后有什么脸面见先帝呢？我只能以死尽忠了。"说完辛勉就去抢毒酒。乔度这下慌了神，赶忙

叫人上前抢夺，说道："您真是位忠贞之士，皇上只不过想试探您一下罢了，请勿当真。"得知辛勉的忠贞，刘聪在平阳山为他筑造了华丽的住所，并下令每月给他供应酒米。但辛勉依旧不接受，靠耕田自食其力。

——出自《晋书·辛勉传》

79. 于简不辱使命

北魏时期，太武帝拓跋（bá）焘为统一北方，派遣于简去招抚北燕。于简接受使命后，日夜兼程，赶到了北燕的国都龙城。到了龙城后，于简并没有直接觐（jìn）见燕王冯跋，而是一直住在外面的馆舍里。他派人对冯跋说："我是大魏的使者，大魏皇帝有诏书，只有燕王亲自来接诏，我才能去他的宫殿。"

冯跋知道后，非常愤怒，命人把于简捆绑起来，带到王宫。于简站在大殿之上，昂首挺胸。冯跋命令侍卫按住他的头，让他下跪。于简大声说道："只要燕王您亲自跪接大魏皇帝的诏书，我自然会以宾客之礼向您致敬。"冯跋怒道："一个小小的使者，竟敢如此无礼？我是大燕皇帝，怎么能跪拜接受他国的诏书呢？"

于简并不示弱，慷慨地说："我大魏兵强马壮，国力强盛，灭掉小小的燕国易如反掌。况且，燕国位于偏远苦寒之地，外有强敌，内有动乱，早日归顺大魏才是长久之计。"

冯跋怒目而视。于简挣脱侍卫，转身背对冯跋，弯下腰，把自己的后裆朝着他。冯跋羞怒极了，下令把于简打入大牢。

在狱中，于简的衣服都破旧得没法穿了，虱子爬满了全身。冯跋送给他衣服，他坚决不穿；让他出来做官，他更是不屑一顾。就

这样，一晃二十四年过去了，龙城当地的百姓都称赞他是忠义之士。

冯跋死后，他的弟弟冯文通继位，向北魏称臣，于简这才被释放回国。北魏皇帝为表彰他的忠心，晋升于简为上大夫。

——出自《魏书·于什门传》

80. 出使高车国

北魏时，孝文帝派遣朱长生和于提出使高车国。两人接到命令后，携带国礼前往高车王庭。

宾主在王庭相见。高车王傲慢地说："你们来自礼仪之邦，见了本王为什么不行跪拜礼，怎么这么不懂礼数呢？"说完，要求他们只有下跪才能会谈。朱长生从容地说："向来是诸侯跪拜天子，我们是天子的使者，向您行跪拜礼，恐怕会坏了规矩。"高车王无言以对。朱长生和于提把带的礼物送上，高车王赶忙叫人收下。这时，朱长生说："收了大魏的国礼，就表示归顺了大魏。做臣子的，自然就应该向君主行礼。"说完，把高车王叫出王庭，让他当众行跪拜礼。高车王又羞又恼，大怒道："王庭之内为什么不让我拜，却在群臣面前羞辱我？"说完，命人把他们打入大牢。

几天后，高车王派人前来威胁："如果你们愿意做高车国的臣子，可以饶你们不死；如不投降，就马上杀了你们！"朱长生和于提气得怒目圆睁，厉声斥责道："我们是天子的使者，让我们做夷狄臣子，你们就别做梦了！我们宁愿做大魏的鬼魂，也决不做高车国的臣子！"高车王听后更加愤怒，就把他们分别流放到荒无人烟的地方。此时，随行的三十多人都已归降，只有朱长生和于提不肯屈服。

　　三年后，高车国发生叛乱，朱长生、于提两人才得以回国。孝文帝对他们的行为大加赞赏。

——出自《魏书·朱长生于提传》